噺家が詠んだ 昭和川柳

落語名人たちによる

名句・迷句500

美濃部由紀子◉編集協力

メイツ出版

もくじ

[注] 各月の下に書かれているのは「お題」です。川柳が紹介されている『川柳鹿』にはお題が記されていませんでした。
編集部で推察して記しました。ご了承ください。

鹿連会話

長井好弘

編集部注

本書で掲載した川柳の一部に、現在では不適切とされる表現や言葉が含まれていますが、歴史的価値を大切にしそのまま掲載しました。

はじめに

美濃部由紀子

私、美濃部由紀子の祖父は五代目古今亭志ん生、父は十代目金原亭馬生、叔父は三代目古今亭志ん朝。

稀代の名人一家の次女として生まれ、多くの噺家に囲まれ育ちました。

昨今の段捨離ブーム、私の姉夫婦（池波志乃、中尾彬夫妻）が身の回りの整理を始めたとき、母の遺品の整理は私も手伝いました。

そんなとき、「馬生宝物」と書かれた段ボール箱を見つけたのです。

箱には落語のネタ帳や資料、父の趣味であった多くの俳句や絵、写真などがぎっしり詰まっていました。

父は欲の無い人でしたから「なるほど、父らしい宝物だな」と思いました。

私の長男は当代の金原亭馬生師匠の一門で二つ目の噺家、金原亭小駒です。

これは息子の役に立つだろうとその段ボール二箱を持ち帰りました。

祖父の若いときの写真や、今は亡き昭和の名人上手な師匠の高座では見せない素顔を生き生きと写した写真が、お煎餅の缶に無造作に入れられてました。

カメラ好きの父が撮ったのでしょう。

その写真の束の下から『川柳鹿』と書かれた冊子の束を見つけました。

「鹿連会」は坊野寿山先生のもとに集まった噺家たちの川柳の会。

昭和5年に発足しましたが、5、6回で自然消滅し、
戦後の昭和28年に第二次「鹿連会」として再開したと聞いていました。

その句会の作品を坊野先生が手作りでまとめた冊子だったのです。

昭和28年、29年、30年代前半が主で21冊、約1500句の川柳が残されていました。

古典落語を聴いたことがある方はご存知だと思いますが、
噺のなかでの演出や場面を変える際、川柳を入れることがよくあります。
そのようなことから、もっと川柳を学ぼうとして始まった会だったようです。
父馬生も第二次からメンバーに入っていました。
父は川柳よりも俳句のほうが好きで、祖父は自由にできる川柳を好んだようです。

息子のために持ち帰ったのですが、手にとり川柳を詠んでいくと、
昭和という時代が垣間見られ、また迷句に首をかしげているうちに、
昭和を知らない人達にも読んで欲しい、
できれば、後世に残しておきたいと思うようになりました。
噺家が日頃からお世話になっている作家であり長年「読売時事川柳」の選者でもある
長井好弘先生にご相談したところ、本として出版することになりました。
紹介する川柳は、手元に残された句から約500を選びました。

どうぞ、昭和の自由な空気を感じながら、落語の名人上手達の川柳を
なつかしい写真と共にお楽しみください。

「志ん生の句風は、自然流だ。面倒な作句法など一切なし。暮らしの中で見聞きしたことを
思ったまま、五七五にする。ただそれだけなのに、何ともいえないおかしみがある。」
長井好弘先生も本書で、志ん生の川柳をこう語っていらっしゃいますが、
まさにその通りだと思います。子供の頃のこんな思い出があります。
家族で炬燵に集まっていたとき、父がクスッと思い出し笑いをし
「ホントに親父さんの句はおかしいョ。今日は、
『丸くして　四角ににおう　こたつっ屁』だって」と申しました。
子供にも分かる句なので家族で大笑い。
今思えばその日は「鹿連会」があったのでしょう。

昨今はサラリーマン川柳や主婦川柳と様々なテーマで
川柳を自由に楽しんでおられる方も多いと思います。
まだ、川柳未経験の方も本書を読んで、これでもいいのかと思われたら、
大人から子供まで楽しめる川柳、
気軽に自由に始めてみてはいかがでしょうか。

朝寝では小原庄助ばかり売れ

文楽

温泉を太陽族が荒してる

小さん

湯豆腐の湯気に心の帯がとけ

馬生

打ち解けた二人が掛ける氷店

志ん生

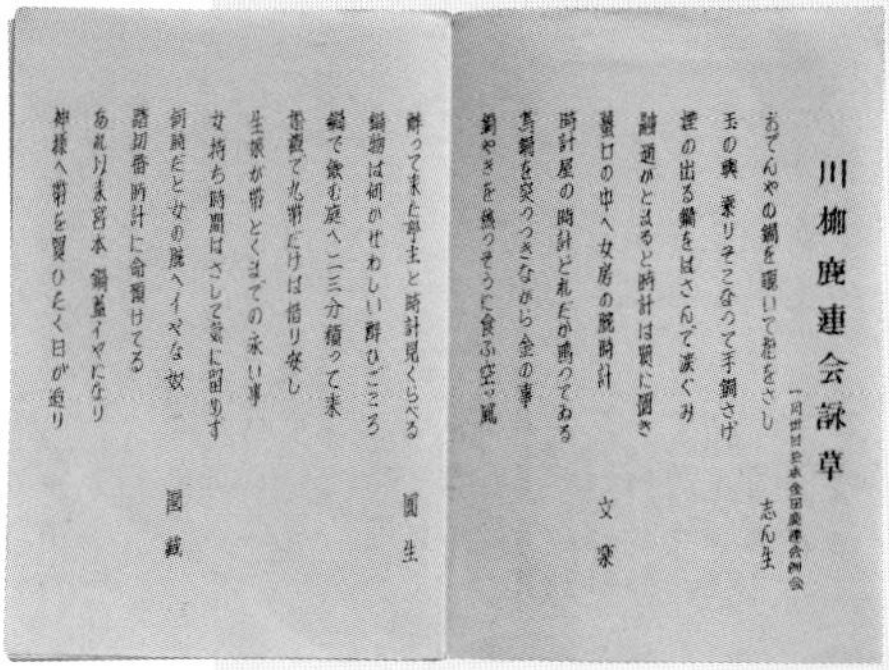

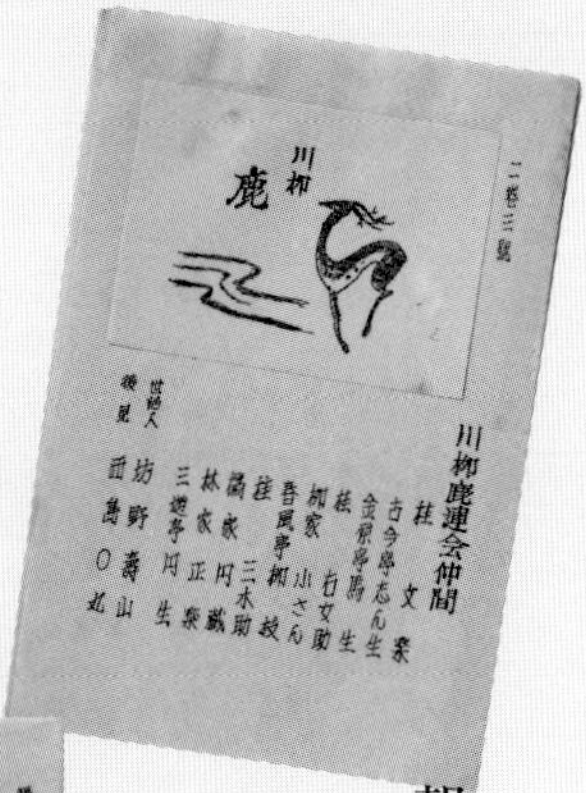

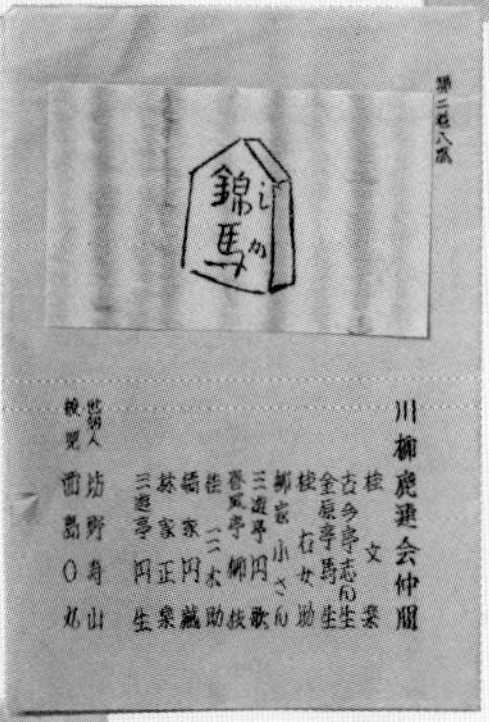

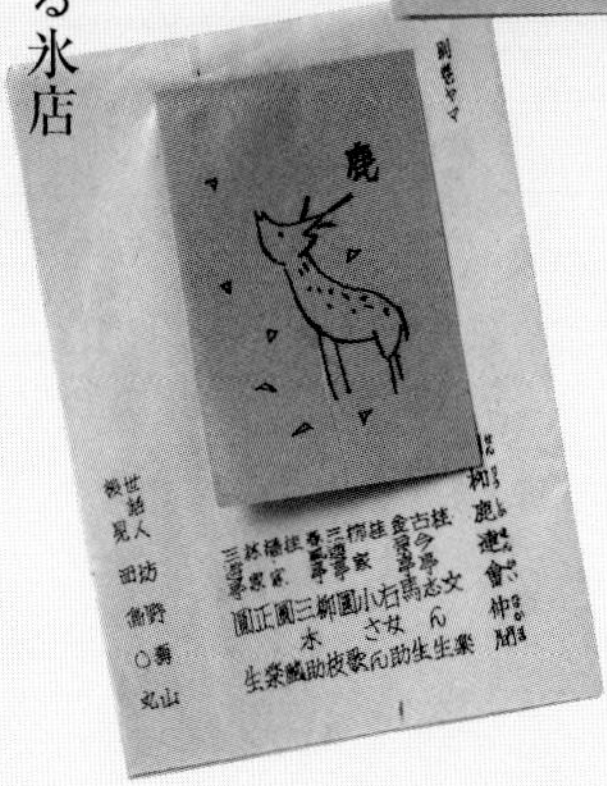

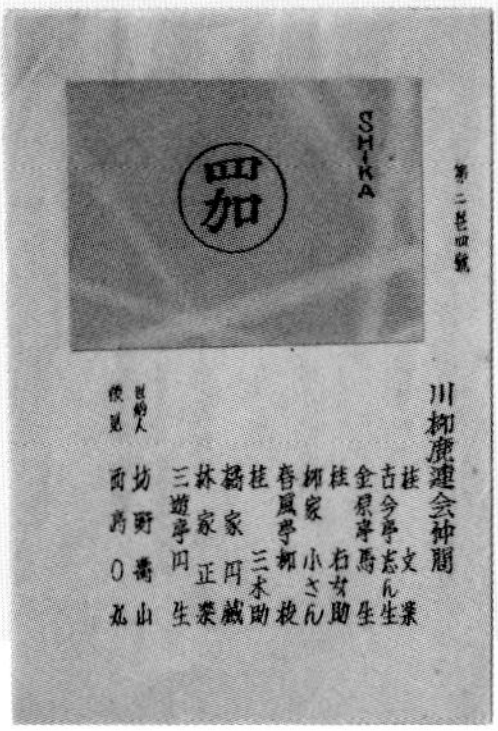

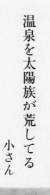

鹿連会物語

俳句はするが川柳は…という
そうそうたる顔ぶれが集まって
鹿連会は噺家達の遊び場に

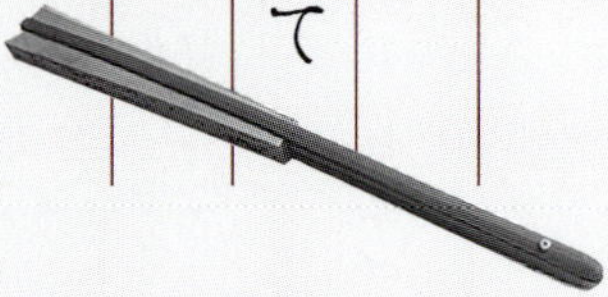

長井好弘

「なぜ川柳をやらないのですか?」

昭和の初め、若き川柳家・坊野寿山《ぼうのじゅざん》（1900〜88年）は、四代目柳家小さん、五代目三遊亭圓生という落語会の大幹部二人に熱心に句作を勧めていた。

小さんは俳句への造詣が深く、「俳句ができるのなら、川柳だって」とその気になった。「寿山先生が教えてくれるなら」と圓生も身を乗り出した。

昭和5年（1930年）、東京・根岸の寿山宅を会場に「鹿連会《しかれんかい》」が始まった。名前の由来は「いつもは叱られない大師匠連も、川柳会では素人だから、選者に叱られるという洒落」（寿山著『粗忽長屋　文楽、志ん生、円生の素顔』より）だという。

同人にはそうそうたる顔触れが並んだ。「玉井の可楽」こと七代目三笑亭可楽、「黒門町の師匠」八代目桂文楽、古今亭甚語楼（後の五代目志ん生）、蝶花楼馬楽（後に八代目林家正蔵から彦六）、蝶花楼馬の助（八代目金原亭馬生）、五代目圓生の義理の息子橘家圓蔵（六代目圓生）、圓蔵の弟・三遊亭圓晃、「紙切り」

句会は後の一杯を考えて料理屋などでも開かれることも多かった。上野の蓮玉庵でも行われたようだ。

初代の林家正楽、桂文都（九代目土橋亭里う馬）、八代目柳家小三治、春風亭柳楽（後の八代目三笑亭可楽）、寄席・両国立花家の番頭。そして小さん、圓生、坊野寿山を加えた15人である。

こうして華々しいスタートを切った鹿連会だが、意外や5、6回で自然消滅してしまう。寿山がその理由を自著に記している。

「（師匠連は）句を直すと怒るし、ご機嫌を損じると来なくなる。こちらが叱られている会みたいなところがあった」

それでも、戦前戦後を通じ、寿山と噺家達の交流は続いた。中でも六代目圓生は同い年の寿山と頻繁に顔を合わせていた。

「先生、戦前にやっていた川柳会をまたやってみたいのですが」

「それならあなたが幹事だよ」

圓生の奔走が実り、上野池之端に移った寿山宅で約20年ぶりに鹿連会が復活したのは、28年6月14日のことだ。

駆けつけた噺家は、今や大幹部の桂文楽を筆頭に、桂右女助（後の六代目三升家小勝）、七代目橘家圓蔵、初代林家正楽、三代目桂三木助、五代目柳家小さんに、幹事の六代目圓生を加えて計7人。その後、五代目古今亭志ん生と十代目金原亭馬生の父子、八代目春風亭柳枝、二代目三遊亭圓歌らが加わり、同人は11人で定着。以後、10年以上にわたり毎月欠かさず句会が開かれたのである。

「会を抜けるには30万円支払うこと」

こんな規則があったために、途中で脱落する者は一人もいなかった。

鹿連会は33年ごろまで盛んに行われたが、次第に句会の間隔が空いていく。理由は「皆、年を取って出席率が落ちたから」（圓生）。ところが、句会の前に「今日は料理が出る」「誰かがごちそうしてくれる」などという「おいしい情報」が流れると、ほぼ全員が出席したという。

鹿連会は、本家川柳界はともかくも、落語界には大きな足跡を残した。

鹿連会は落語協会の噺家が中心だが、ライバル関係にある落語芸術協会でも、二代目桂枝太郎が「鹿川会《しかせんかい》」を立ちあげた。

寿山自身、「仔鹿会」や「鹿柳会」などの句会を開き、若手噺家の指導に尽力した。

名だたる同人噺家たちがこうした未来を予想していたのかどうか、今となっては確認する術はないが、鹿連会が落語と川柳の距離を一挙に縮めたのは間違いのないことだ。

昭和5年

鼻唄で寝酒も淋し酔心地
古今亭甚語楼（五代目古今亭志ん生）

誘惑の眼スンナリと美麗な手
八代目柳家小三治

はめられて機嫌上戸の馬鹿笑ひ
八代目桂文楽

三階でみればダンスは脚ばかり
桂文都（九代目土橋亭里う馬）

拐帯《かいたい》に妾のあったコトを知り
三遊亭円晃

押入れの枕が落ちる探しもの
四代目柳家小さん

かいせきの女中は亭主持の髷
五代目三遊亭圓生

飛来りが又叱られる巻タバコ
七代目三笑亭可楽

新世帯雑誌をよんで眠くなり
春風亭柳楽（八代目三笑亭可楽）

縁起欄お召しのドテラ使われる
蝶花楼馬の助（八代目金原亭馬生）

言譯の顔は煙草の煙の中
初代林家正楽

撥尻にそれと判った芸者の名
寄席・立花家番頭

名句・迷句を詠んだ「鹿連会」11人の噺家たち

昭和5年に第一次「鹿連会」が発足し、わずか2年で自然消滅。20年以上経った昭和28年、六代目三遊亭圓生の呼びかけで集まった7人の噺家で第二次「鹿連会」がスタートした。その後4名が加わり、同人は計11人で定着。選者兼指導役の坊野寿山氏と後見役兼選者の西島〇丸《れいがん》氏（四谷・西念寺住職で川柳会の会長を務める）を加えた13人のメンバーで、10年以上にわたり毎月句会が開かれた。写真の面々が「鹿連会」の13人衆だ。

鳥鍋を突つつきながら金の事　文楽

鼻歌も欠伸もうつるいい天気　右女助

ゼンマイを巻くにノッポは使われる　小さん

総絞り広巾に〆め金鎖　正楽

あれ以来宮本鍋蓋イヤになり　圓蔵

女房の帯から這入る年の暮　三木助

指の爪生まれもつかぬ色になり　圓生

借りのある人が湯ぶねの中にいる　志ん生

エンピツの押し売りがくる昼下り　馬生

ふぐさしは皿ばかりかと近眼みる　柳枝

神近が落ちて喜ぶ牛太郎　圓歌

※『川柳鹿』から抜粋

［神近］公娼廃止を唱えた神近市子議員が落選をし、牛太郎（吉原の若い衆）が喜ぶという句。

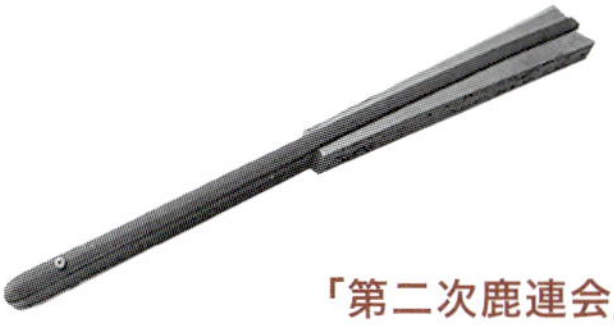

「第二次鹿連会」メンバー

（手前左から）七代目橘家圓蔵、八代目春風亭柳枝、初代林家正楽、五代目古今亭志ん生、八代目桂文楽、二代目三遊亭圓歌、西島○丸、坊野寿山、桂右女助（後の六代目三升家小勝）、十代目金原亭馬生　五代目柳家小さん、三代目桂三木助、六代目三遊亭圓生

十代目金原亭馬生画　落語『長屋の花見』

第一幕

昭和28年・29年の鹿連会作品

『君の名は』『ローマの休日』で映画館は満員、
力道山の登場で街頭テレビには黒やまの人だかり、
ディオール旋風で女性はファッションに芽生えー。
戦後8年、庶民は娯楽に出会い楽しみを見出す。
噺家11人は川柳に興じていた。

昭和28年10月

お題 「松茸」「競輪」「紋付」「情け」

松茸を褒めすぎてゐるウス笑ひ　文楽

紋付を懐《ふと》中《ころ》へ入れモンぺはく　文楽

省線の中の紋付見つめられ　柳枝

松茸を選《よ》る女房の年増ぶり　柳枝

松茸

国産品は庶民にとり「高値の花」になった松茸。戦前はまだ庶民の味だったが、昭和28年頃には値段が気になる品になっていた。高値の花になってしまった原因は、燃料革命・肥料革命で、松茸が育つアカマツの山に人が入らなくなったからとか。

ちなみに、松茸は平安時代頃から食されていたようで、「万葉集」にも「秋の香のよさ」と詠われている。

紋付

噺家は二ツ目（真打ちの手前）になると、紋付に羽織・袴も着られるようになり、「紋」は一門の紋をつける。例えば、古今亭志ん生の古今亭一門の紋は「鬼蔦」で、息子の金原亭馬生は金原亭一門の「裏梅」の紋だった。

人情の人気があおる名寄岩《なよろいわ》　右女助

薄情を売り物にして蔵を建て　馬生

紋付は野暮な紋ほど高く売れ　馬生

警官も一枚そつと買つてみる　圓蔵

紋付の相場セビロに負けるなり　圓蔵

落語家《はなしか》は紋付のまゝ風呂へ行き　圓蔵

第一幕
昭和28年

省線
東京を走る現在の「JR」を、大正9年から昭和24年までは「省線」と呼んでいた。これは国営鉄道を運営する政府機関が、「○○省」だったからこう呼ばれていた。

名寄岩
大関から二度の陥落を経験、病気と怪我のデパートといわれながら、金星・三賞(敢闘賞)を受賞。関脇まで返り咲き、40歳まで現役で活躍。「涙の敢闘賞」として舞台や映画にもなった力士。全力士の鏡と称えられ、日本相撲協会から特別賞が授与され、昭和29年秋場所を最後に引退。

競輪
「警官もそっと買う」競輪は昭和23年に小倉(九州)で初めて開催された。

紋付が板につく迄小十年　三木助

鉄火場にウツリの悪い五ツ紋　三木助

松茸の香りも遠し蟻の町　小さん

汽車弁の角に松茸よりかゝり　小さん

情けなや瑞《みず》穂《ほ》の國も不作あり　小さん

松茸を売る手にとまる赤とんぼ　志ん生

【鉄火場】博打を打つ場所。

蟻の町

昭和25年頃に、現在の隅田公園の一角にあった労働者生活共同体「蟻の会」を、マスコミ報道が「蟻の町」と呼んだ。

ここに住む子供たちのために、肺結核にかかりながらも奉仕活動を続けた北原玲子さんが、「蟻の町のマリア」といわれ、マスコミにも登場。本も著したことから、蟻の町はより注目されるようになった。

汽車弁

明治18年に宇都宮で初めて駅弁が販売され、戦争中も姿を変えながら駅弁は続いていた。昭和20年頃は、旅行者外食券がなければ買えなかった。昭和27年に「ご飯付き駅弁」が再開され、自由販売になる。この頃松茸入り駅弁があったのだろうか。ちなみに戦前は汽車弁と呼ばれていた。

ケイリンで損した上に風邪をひき　志ん生

差押さへ情を知らぬフリをする　志ん生

儲かつた事を忘れず損忘れ　志ん生

紋付で腕の彫物邪魔になり　圓生

紋付のうつらぬ旦那金を持ち　圓生

ビールではもういけません土瓶蒸し　圓生

世相覗き見①

＊**学校給食**がアメリカの援助で27年には全国の小学校で実施される。

＊**世界最高峰エベレスト**（8848m）の初登頂に、イギリス隊が成功。

＊**30年にわたり指導者**として君臨してきたソ連の首相スターリンが3月に死去。英国では、エリザベス女王2世の戴冠式が6月に行われた。平成29年には在位65年を迎えた。

＊**朝鮮戦争**に休戦協定が成立。一応の終止符が打たれた。

＊**昭和21年以来**、アメリカの統治下に置かれていた奄美諸島が12月25日に返還され、23万人が日本に復帰した。

昭和28年11月

お題　「映画」「酉の市」「鯛」

太鼓持洋画が好きで頭《ず》が高い　文楽

一《いっ》八《ぱち》が懐ろ手して酉の市　文楽

小格子の乙なのを見る酉の市　文楽

熊手には時代を知らぬ千両箱　正楽

＊「宿題の「映画」「酉の市」は難しい、席題も「鯛」よりさんまがつくりやすいなど、全快の正楽を囲んで言うことなすことみなおかし」（坊野寿山『川柳鹿』より）

【太鼓持ち】宴席などで席のとり持ちを職業とする男。幇間ともいう。
【一八】古典落語に出てくる幇間のような架空人物。

酉の市

浅草の鷲神社で毎年11月に行われる酉の市。福を呼ぶ「縁起熊手」を売る店が立ち並ぶ。熊手は落ち葉をかき集める道具で、商売人の洒落からか、「運や金銀をかき集める」として、主に商売人で賑わった。

とうの芋そのあくる日は邪魔にされ

市では熊手だけでなく川柳にある「とうの芋」も売られた。その名から「頭」になって出世するといわれていた。

安宴会鯛の様なる鯛がつき　正楽

酉の市樟脳くさい古オーバー　正楽

与太郎は鯛から先に箸をつけ　志ん生

赤鯛は派手と黒鯛悪くいひ　志ん生

とうの芋そのあくる日は邪魔にされ　志ん生

恵比寿様鯛を逃がして夜逃げをし　志ん生

浅草の酉の市は、実は、商売にあまり関係ない男衆にとって、この日ならではの楽しみがあった。鷲神社の東隣は吉原。この日は門が開放され、遊郭内が自由に歩けるのだ。だから、こんな川柳が詠まれたようだ。

家中で吉原歩く酉の市
予定した様にハグレルお酉様
鷲神社フダンは顔も出さぬとこ

歌川広重の「名所江戸百景」にも、吉原妓楼の一室から酉の市を描いた一枚がある。

『名所江戸百景』

自動車のタイヤの跡を武士歩き　志ん生

抱きついてキッスを見るに金を出し　志ん生

映画館帰りの客は中華そば　柳枝

芸者《げいしゃ》づれ熊手を高く買わされる　柳枝

仕出し屋の看板大抵鯛を描き　馬生

人混みを抜けると熊手重くなり　馬生

映画

昭和28年には邦画・洋画で今も語り継がれる名作が誕生した。邦画では『君の名は』。

『君の名は』は、菊田一夫によるラジオドラマの映画化だった。ラジオの放送時間には、銭湯が空になるといわれるほどの人気で、翌年制作された映画では、佐田啓二と岸恵子が主演。2本の続編を合わせると配収は10億円だったとか。ヒロイン真知子がするスカーフが、真知子巻といわれブームになった（p40）。

『君の名は』

家中で吉原歩く酉の市　馬生

米《べい》兵《へい》も馴染みの為に熊手買　圓蔵

猫仲間鯛をくわえてハバがきき　圓蔵

予定した様にハグレルお酉様　右女助

休憩の長い場末の映画館　右女助

家で食ふ鯛はうしをにまで及び　右女助

第一幕

昭和28年

洋画では『ローマの休日』がこの年公開された。まだ新人だったオードリー・ヘップバーンが大抜擢され、アカデミー主演女優賞に輝いた。

アン王女役のヘップバーンがジェラードを食べる「スペイン階段」（左写真）や「真実の口」などは今も観光地になっている。

この年のベネチア国際映画祭では『雨月物語』（監督溝口健二）が銀獅子賞（監督賞）を獲得。昭和26年には『羅生門』（監督黒澤明）が、金獅子賞（最高作品賞）をとっている。

『ローマの休日』

活動と呼ぶ母つれてロードショウ
小さん

画面なぞどうなろうとも二人連れ
小さん

開運の熊手を買った晩に焼け
小さん

映画より客席すごいラブシーン
圓生

鷲《おおとり》神《じん》社《じゃ》フダンは顔も出さぬとこ
圓生

税務署へはばかりありや熊手の値
圓生

[鷲神社] 酉の市が開かれることで広く知られる神社で、吉原に隣接している。

世相覗き見❷

＊**NHK東京テレビ局**が2月に放送開始。年内に大相撲、プロ野球中継が実現。だが、受像機は大半がアメリカ製で、中堅サラリーマンの給料が3万円台なのに1台が25～35万円。

＊**志ん生、文楽**など人気落語家と民放ラジオが専属契約を結ぶ。

＊**ミスユニバース**で伊東絹子が3位に。彼女の体型が、頭部が身長の8分の1というい わゆる「八頭身」で、八頭身ブームが巻き起こった。

＊**公衆電話**、いわゆる「赤電話」が東京都内にお目見えする。28年後の昭和57年には、テレホンカード式公衆電話と交換されることになる。

「聴いてみましょうか」と
蓄音機を囲んで
興味深々の面々

古今亭志ん生の家に集まって、これから一杯が始まるところ。その前に手に入れたレコードを蓄音機で聴くのだろうか。

昭和28年12月

お題 「空っ風」「炭」「フグ」

空ッ風おでんの見世へ吹き寄せる　志ん生

薄情な奴でも煙る炭に泣き　志ん生

前掛の下に気兼の秤《はかり》炭《ずみ》　志ん生

新聞の頼りにならぬ事を知り　三木助

河豚（ふぐ）

江戸時代の川柳に「ふぐは食いたし命は惜しし」がある。豊臣秀吉は「河豚食禁止令」を発布し、江戸時代になっても禁止する藩が多かったとか。解禁されるのは明治になってから。各都道府県で免許制度が始まったのは戦後のこと。「フグ料理」を「フク料理」という場合もある。これは「フグ」は「不具・不遇」を連想させるからで、「フク」なら「福」に通じるからだ。関西では「当たれば死ぬ」ことから「テッポウ」と呼ばれる。

馬鹿でかい腹に似合はぬフグの口　正楽

柿の木に柿只一つ空ッ風　右女助

かんざしの稲穂は正に闇の米　右女助

空ッ風今日初物のヒビが切れ　圓生

國《くに》定《さだ》が笠片むける空ッ風　圓生

空ッ風道行く人のくの字なり　馬生

空っ風・
国定忠治(くにさだちゅうじ)
冬の季節に関東平野に吹きつける乾燥した冷たい強風が空っ風といわれる。特に群馬県の「上州の空っ風」が有名で、別名「赤城おろし」という。
国定忠治はこの上州生まれの賭博で、芝居や講談などで取り上げられ、「赤城の山も今夜限り…」という名台詞はよく知られている。

志ん猫でフグをくつてるフラチ者　馬生

手あぶりに堅炭入れて叱られる　馬生

手料理のフグときいてちと迷ひ　小さん

焼酎をのんでさあ来い空ッ風　小さん

空っ風夜店の紙幣が少し飛び　圓蔵

お世辞だけいつてフグには手をつけず　圓蔵

【志ん猫】男女の仲のふたりをいう。

炭

木炭は明治時代に普及。昭和28年頃も、木炭は多くの家で、七輪や火鉢、炬燵などに使用されていた。

種類もいろいろあり、堅炭は火力の強い炭、さくら炭はクヌギからつくられる上質の炭のこと。

楽屋にも火鉢が置かれていた。
志ん生と馬生。

ふぐさしは皿ばかりかと近眼《ちかめ》見る　柳枝

空ッ風鳥もなゝめに飛んで行き　柳枝

空ッ風破れ障子の音をきき　柳枝

強情に朝湯へ出てく空ッ風　文楽

さくら炭後妻《ごさい》は特にキレイづき　文楽

自腹では食べない物がふぐの味　文楽

朝湯

朝起きぬけに朝湯に出かけるのはいかにも江戸っ子らしいので、川柳にも詠まれたのだろう。ちなみに、古今亭志ん生は家の湯よりも銭湯を好んだそうだ。

落語にも朝湯の話がある。『強情灸』は、熱湯好きの江戸っ子と強情の話だ。「やせ我慢」の江戸っ子気質がでている。古今亭志ん生と柳家小さんの十八番。

昭和28年12月28日

人形町末広亭にて

お題「大晦日」

大晦日あゝ大晦日大三十日　正楽
何事もせわしそうなる大晦日　柳枝
大晦日表を閉めて息こらし　小さん
大晦日去年の事をくり返し　三木助
大晦日どう考へても大晦日　小さん
ふだんより金の貴い大晦日　志ん生
大晦日時計の針のおそい事　柳枝
大晦日大晦日だと大晦日　馬生
大晦日異國の人は苦労なし　圓蔵
無いものはないとヅブとい大晦日　正楽

年の瀬の12月28日に人形町末広亭での「落語有名会大喜利」に鹿連会の面々が出演。川柳（三分吟）のお題は「大晦日」と29年の干支「馬」。写真と面々の名句・珍句とともに大喜利の模様を想像し、楽しんでください。
＊「天・地・人」は三才（三光）、五客は三才の次によい作

芝浜の財布世に出る大晦日　馬生
借金の今日は出来ぬ日大晦日　右女助
大晦日もうこれまでと首くくり　小さん
丸髷で帰る女房に除夜の鐘　志ん生
大晦日どうでもなれと肝をすへ　馬生
借金で廻らぬ首が逃廻り　志ん生
借もなく貸は尚なし大晦日　右女助
大晦日戸棚の中で位住居　三木助
攘《はら》わぬときめて気安い大晦日　正楽
大晦日そばやの道具すぐにさげ　文楽

人形町末広亭での大喜利で、鹿連会の
面々が「大晦日」「馬」のお題で句を披露。

大晦日猫けとばされそれっきり　小さん
パチンコ屋除夜の鐘までつながせる　右女助
大晦日情の爲に年が越せ　圓蔵

［客］

大晦日三年前の金に逢ひ　小さん
言訳をしてゐる中にそばがのび　志ん生
大晦日貸借りもない大あくび　圓生
アパートに住んでつまらぬ大晦日　正楽
大晦日スキー女房の分も持ち　圓生

［人］

刀折れ矢つきてこゝに大晦日　馬生

［地］

お飾屋邪見《じゃけん》に除夜の鐘をきき　右女助

［天］

結綿《ゆいわた》の出来へ百八鳴り終了　三木助

【結綿】結婚前の女性が結う日本髪の一種。

お題「馬」（昭和29年干支）

来年は馬面のモテル年　小さん

裏を見る馬券はとれてない馬券　右女助

左馬乙な小唄もれ調子　圓生

飾り馬いななき乍らすれ違ひ　三木助

牛も豚もケトバシ黨《なかま》に貶《けな》される　柳枝

馬肉屋を馬方横目でにらみつけ　柳枝

丙午生まれの娘キリヨウよし　柳枝

この馬券裏から見てもハズれてる　右女助

馬のシッポ抜かれたばかりに酒呑れ　小さん

［客］

その当座多助《たすけ》は青馬《あお》を夢に見る　右女助

馬方の方は歩いて小便し　圓生

馬肉屋の女中にたすきのまんま酌ぎ　正楽

銭湯で馬とアダナを呼んでゐる　正楽

窓へ来て馬の番号気が変り　圓蔵

ケトバシの酒は二級か白馬か　文楽

［人］

ケトバシで決る儲けのハシタ銭　圓生

［地］

白馬をのんで馬道急ぐ客　志ん生

［天］

ケトバシの女中はザクで達引《たてひき》し　右女助

【ケトバシ】馬肉　【ザク】すき焼きの肉以外の具。
【多助】愛馬・青との別れの場面が有名な人情噺の主人公塩原多助。
【女中】料理屋で客の接待をする仲居。

昭和28年大晦日

四谷「蔦の家」にて

お題 「猪口」

忘年の鹿連楽しくも猪口重ね　文楽
盃が溜った頃になくなり　馬生
金文字の猪口も出てくる家祝　右女助
猪口等は酒呑童子は用はなし　正楽
盃の時と違った古女房　圓生
冷酒をのむ時猪口に用はなし　志ん生
思ひざし紅を少うしふき残し　右女助
呑めぬ奴受け放しで膳の上　三木助
盃をほうるは胸に何があり　志ん生
かえり際これ丈けのんでと猪口をくれ　文楽

大晦日の午後2時から四谷「蔦の家」にて鹿連会の忘年会が行われた。「ふぐ」を味わい酌み交わし、唄いかつ踊り、お開きになったのは10時をまわっていた。この日も作句は行われ、お題は「猪口」だった。

作句で頭の体操をした後は、エネルギーのもとを与える時間。

昭和29年3月

お題「マッチ棒」「豆腐」「刃物」他

春や春娘の尻がゆれて行き　正楽

象牙箸豆腐をたべるもので無し　正楽

マッチの軸楊枝に使ふ居候　圓蔵

羊かんがセロハンを着る時世なり　圓蔵

マッチ

明治8年に最初のマッチ工場が設立され、海外にも輸出する産業に成長。昭和のこの時代には全国に150を超えるマッチ工場があった。各家庭の台所、仏壇、居間などにマッチの居場所があった。

マチ棒で絵をかいてゐる待呆け
汽車待つ間マッチの軸で耳そうじ

川柳にもあるように、火をつける道具以外にも役に立っていたようだ。

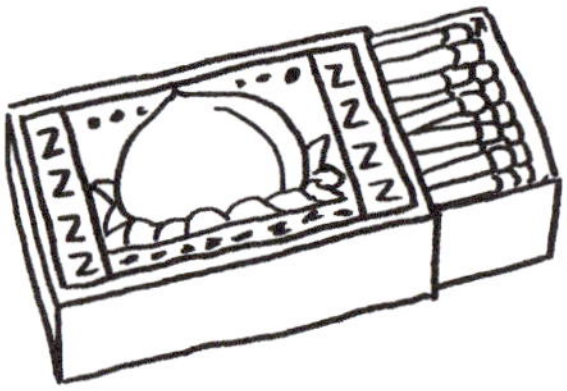

駄菓子屋で幅をきかせる芋羊かん　柳枝

ビフテキに切れぬナイフは音を立て　柳枝

初鰹買へない奴が冷奴　三木助

マッチする女の爪は赤くぬり　小さん

豆腐屋を寝巻のまゝで女房よび　小さん

マチ棒で絵をかいてゐる待呆け　馬生

駄菓子屋

子供たちの社交場でもあった駄菓子屋は、昭和20年頃に復活。ラムネ菓子、タマゴボーロ、風船ガム、ココアシガレットなどは24年〜27年までに発売され、人気ものになったお菓子。

また、この頃「おまけつきキャラメル」が登場。カバヤキャラメルは点数を集めるとカバヤ文庫1冊がもらえ、経済的に本を買う余裕がなかった子供たちの心をとらえた。紅梅キャラメルもおまけの野球カードで人気に火がついた。一大ブームになったが、問題もおこり、29年頃にはおまけつきキャラメルのブームも終焉する。

湯豆腐の湯気に心の帯がとけ　馬生

春らしい気分は女の姿より　馬生

マツチの火夜の女が呼びかける　右女助

帆立貝入る豆腐は大事そう　圓生

小バクチはマツチの棒を売買し　圓生

豆腐屋へ「オカラ」ばかりの赤《あか》螺《にし》屋《や》　圓生

【赤螺屋】けちんぼうの意味。

豆腐

江戸時代に刊行された料理本『豆腐百珍』には１００種類の豆腐料理が記されているが、豆腐は長きにわたり変わらず愛されている食べ物の筆頭といえるだろう。

豆腐でも好いよと亭主遠慮する
湯豆腐は二人のぐちを聞いている

と川柳にもあるように、昔も今も庶民の味方。

帆立貝入る豆腐は大事そう

庶民の味方の豆腐が、かわいそうな気がしてくる。

豆腐屋を寝巻のまゝで女房よび

朝食と夕食の用意の時間に

豆腐でも好《い》いよと亭主遠慮する　圓生

湯豆腐は二人のぐちをきいてゐる　志ん生

羊羹の匂ひを嗅いて猫ぶたれ　志ん生

懐ろは寒《かん》の中《うち》でも春が来る　志ん生

汽車待つ間マッチの軸で耳そうじ　文楽

羊かんをウス目に切つて腹が知れ　文楽

合わせて、「トーフー」というラッパとともに豆腐売りがやってきた。「なっとー、なっとー、なっと」という納豆売りとともに、昭和のこの時代の風物詩であった。

豆腐と落語

『酢豆腐』という落語をご存じだろうか。上方では『ちりとてちん』。夏の暑さで腐った豆腐を食べさせられたえせ知識人が、「酢豆腐」と呼んで、珍しがる話だ。

昭和29年4月

お題「お花見」「草」「蛤」

ドット出た花見の屑が九千貫　圓生

お花見で倅の酒を親爺知り　圓生

草餅を貰ひ彼岸だなとおもひ　文楽

花見から一人怒つてかへる奴　文楽

花見

花見して桜を褒める人はなし酒のんで喧嘩はすれど花を見ず

花見がお題になっても、桜の花にふれてる川柳が見当たらないのは、「花より団子」だからなのだろうか。

よく知られている落語の『長屋の花見』もしかり。貧乏長屋の住人がご馳走を食べるのを楽しみに花見に出かけるが、持参した重箱の中には、卵焼きの代わりにたくあん、かまぼこの代わりが大根、酒の代わりは番茶。愉快でちょっと哀しい話だ。

酒のんで喧嘩はすれど花を見ず　志ん生

花見から四五人連立つ仲の町　志ん生

花の雪かと思へば砂ぼこり　正楽

蛤のカラも値の出る京の紅　小さん

花の山人が消えれば紙の山　小さん

花見して桜を褒める人はなし　柳枝

【仲の町】浅草・吉原のこと。

しかし、花見のルーツを知ると、花見に酒とご馳走は不謹慎なことではなく、つきものということがわかる。

花見は、農民の間で行われていた豊作祈願の行事だった。豊作を願って桜の下で、田の神を迎え、料理や酒でもてなし、人々もお相伴する。これがルーツなのだ。

江戸時代になると庶民の間に酒を飲みかわす花見が広がり、江戸っ子の楽しみのひとつになった。

昭和のこの頃の花見はどうだったのだろう。今なら、コンビニでお酒や惣菜を買うこともできるが、当時はコンビニなどないし、缶ビールもなし。缶ビールが初めて売り出されたのは昭和33年。酒屋でお酒を買い、料理は手作りが多かったのではないだろうか。心も豊かになる花見だ。

草深い田舎町にも眞知子巻　馬生

八百長が当たり前だと草競馬　馬生

お花見はスリと刑事の大舞台　馬生

蛤が鳴いてる春の台所　右女助

お花見の客を高座は持て余し　三木助

花見からぬけて二人は土手の下　圓蔵

真知子巻

昭和27年に封切られた映画『君の名は』（p22参照）の主人公真知子がしていたスカーフの巻き方をいい、一大ブームになる。

草競馬

馬券を発売しないアマチュア競馬をいい、日本全国で行われていた。神事によるものもあり、また、地方競馬をさすこともある。

余談だが、フォスター作曲の「草競馬」は、日本でも広く親しまれている歌曲だ。

仕事の後に温泉で疲れをとる師匠たち

地方の仕事に出向いたときの写真だろう。鹿連会のメンバーの顔も見え、皆実に楽しそうだ。

昭和29年5月

お題「バス」「洋食」「鰻」「二人連れ」

綿密にメニュー見た後ライスカレー　圓生

時折は菜葉も乗せる田舎バス　圓生

いも虫が化けたようなりトロリーバス　圓生

惣菜をコロッケにする子澤山　柳枝

コロッケ

「ワイフもらって、嬉しかったが、何時も出てくる副食物はコロッケ 今日もコロッケ 明日もコロッケ これじゃ年がら年中コロッケ」

大正時代につくられた「コロッケの唄」。その当時はご馳走のコロッケだが、毎日出されると飽きるという歌詞だが、庶民の食べ物になったこの頃も、サラリーマンに歌われていた。

トロリーバス

時折、架線からパチパチと火花を飛ばして走っていたトロリーバス。正式名は「無軌道電車」で、鉄道法では電車に分類される。東京の都営トロリーバスは、昭和27年から43年の16年間という短い期間で終了。

蒲焼を待つ間　下戸はダレて居る　馬生

アベックは女が良いとくやしがり　馬生

送金があつたとみえてテキをくひ　右女助

山門にバスがならんで良い日和　右女助

うなぎやヘタレだけそっと買ひにやり　圓蔵

江戸ッ子が東京見物バスでする　圓蔵

ライスカレーか、
カレーライスか
なんて議論も…。

洋食

川柳にもあるカレーライス、コロッケ、エビフライなどの西洋料理は明治時代にすでに生まれていた。ポピュラーになったのは戦後。

この時代、洋食はナイフとフォークでいただくのが時代の先端をいっているとされ、ご飯をフォークの背におしつけるようにしてのせ、食べにくそうに口に運んでいる光景も珍しくなかった。

ビフカツの安はナイフをうけつけず　小さん

洋食のライスホークでくひにくい　小さん

エビフライ時価と小さく刷ってあり　文楽

アベックの女みつめてつねられる　文楽

中串の焼ける間のあぶら蝉　志ん生

捨てるカツ助かる犬が待って居る　志ん生

世相覗き見❶

＊皇居の一般参賀に押しかけた群衆が二重橋の上で将棋倒しになり、16人が死亡、60名以上が負傷するという悲しい出来事で29年がスタートした。

＊力道山がプロレスに登場すると、街頭テレビは中継を見ようと黒山の人だかりに。通行止めやタクシー激減。力道山の空手チョップに熱狂した。

街頭テレビに集まる人々。

たばこの火つけるトタンにバスが来る　志ん生

堅い奴酒の肴はホーレン草　三木助

素《す》袷《あわせ》が小粋気に見へる豆絞り　三木助

すんなりとみえて鰻はおかめ面　正楽

混んだバス車掌は尻で客を分け　正楽

い丶月を悪く云ってる二人連　正楽

【素袷】長襦袢を着ないで、肌着の上に袷を着ること。

＊**マリリン・モンロー**が新婚旅行のために、夫ジョー・ディマジオと来日。約２０００人の出迎えが飛行機を取り巻き、宿泊の帝国ホテルにも約１０００人のファンが押しかけた。

＊ＮＨＫテレビで、**美容体操の放送**を開始。体操の先生は竹腰美代子。「美容体操」はこの年の流行語にもなる。

＊**アメリカの水爆実験**で、日本のマグロ漁船が大量の「死の灰」を浴び、船員１人が死亡。これが機となり原水爆禁止運動が拡大する。

＊**インドシナ戦争**が終結。フランスの１００年にわたるインドシナ支配に終止符が打たれるが、「南北２つのベトナム」の構図が生まれ、ベトナム戦争へと続くことになる。

会員作の川柳が広告コピーになる

浅草、上野、京橋にある店、多分、馴染みの店なのだろう。『川柳鹿』に、それぞれの店を称える川柳を掲載。いわゆる広告である。29年、1年間で終了しているようだ。

「上野 花家」

花時雨花家へ客のどつと来る　圓生
大辻の厶《ござ》るのノレンで花家知れ　圓蔵
三重弁当でもいつち花家売れ　正楽
家族づれ花家へ来てる電話する　柳枝
荒江とは女性か花家の親爺の名　三木助
朝の花家の板前さんのあつちこち　小さん
花家のウインドへ子の鼻 親の鼻　右女助
はしりもので先づ酌む花家の灯　志ん生
女房とひる間花家へ這入つて見　馬生
花家から無事にかへれる折をさげ　文楽

「花家」 上野に本店がある料亭

「青柳の羊羹」

二ツ目の羊あん遠慮してもらひ　文楽
羊かんをおつうすまして茶の湯くひ　圓生
恐妻家羊かんカバンの中にあり　馬生
羊かんは勧進元の格でゐる　右女助
絵ハガキと羊かんが出る旅がへり　正楽
パチンコで羊かんをとる子煩悩　小さん
羊かんの切てッパチ斗り居候　圓蔵
羊かんはモツヨとケチは仕舞ひこみ　柳枝
羊かんに廻しとらせるシアン坊　三木助
羊かんをつまんで上戸首をまげ　志ん生

「青柳」 京橋に本店がある和菓子司

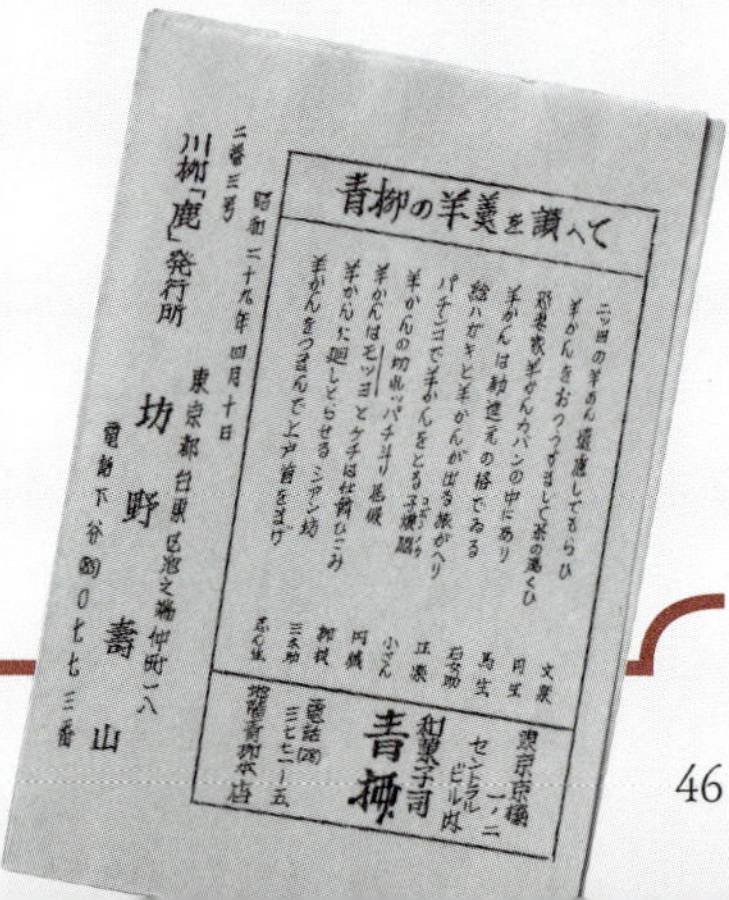

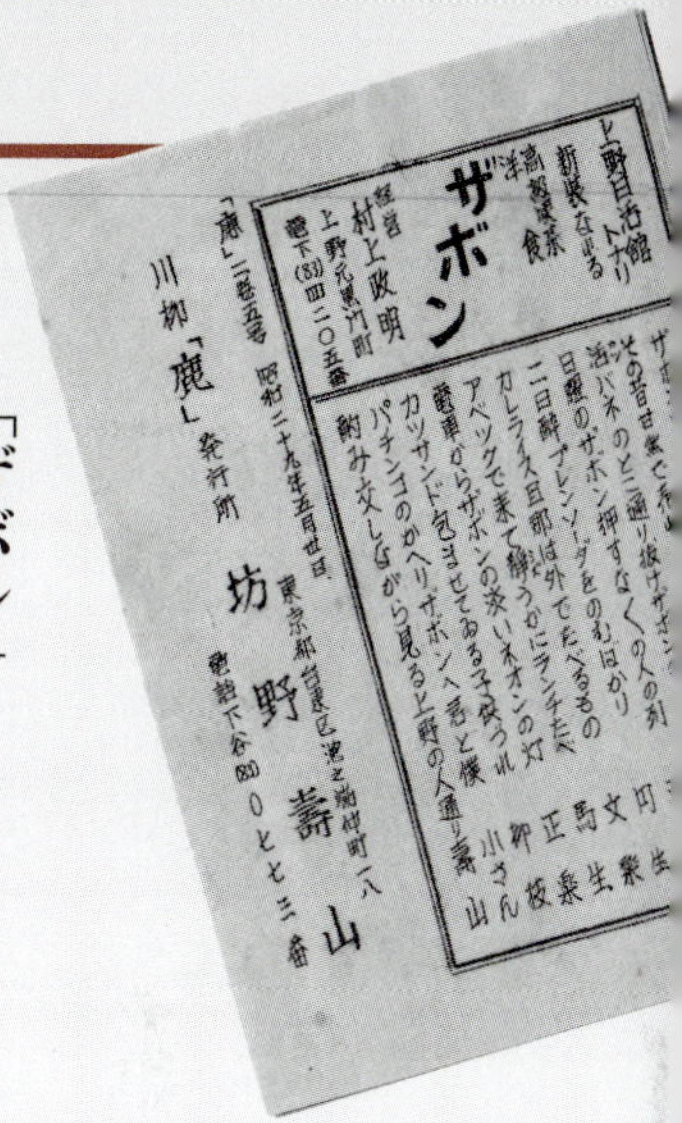

上野日活館トナリ
新装なれる
高級喫茶
洋食
ザボン
経営 村上政明
上野元黒門町
電下(83)四二〇五番
その昔甘党で売れ今ザボン
活バネのとこ通り抜けザボンの灯
日曜のザボン押すな押すなの人の列
二日酔プレンソーダをのむばかり
カレライス旦那は外でたべるもの
アベックで来て静うかにランチたべ
電車からザボンの淡いネオンの灯
カツサンド包ませてゐる子供づれ
パチンコのかへりザボンへ君と僕
納み交しながら見る上野の人通り
圓生 文楽 馬生 正楽 柳枝 小さん 寿山
「鹿」二巻五号 昭和二十九年五月廿日
川柳「鹿」発行所 坊野寿山
東京都台東区池之端仲町一八
電話下谷(83)〇七七三番

「ザボン」

ザボンから出たアベックへ車まつ　志ん生
その昔甘党で売れ今ザボン　圓蔵
活バネのとこ通り抜けザボンの灯　右女助
日曜のザボン押すな押すなの人の列　三木助
二日酔プレンソーダをのむばかり　圓生
カレライス旦那は外でたべるもの　文楽
アベックで来て静うかにランチたべ　馬生
電車からザボンの淡いネオンの灯　正楽
カツサンド包ませてゐる子供づれ　柳枝
パチンコのかへりザボンへ君と僕　小さん

「ザボン」 上野にある高級喫茶・洋食店

「本金田」

カねてより鳥の金田に憧れる　文楽
ネだんでも他に負けない鳥金田　三木助
ダンナでも子供衆にも鳥金田　馬生
ノむ方も金田の鳥ならイケマスナ　柳枝
サン人で金田 芸者へ電話する　圓歌
イい人と嬉い「さし」の本金田　圓生
カミよりも薄く金田の鳥が切れ　小さん

＊頭の一字をつなげてください。

「本金田」 浅草にある「合鴨」などの鳥料理店

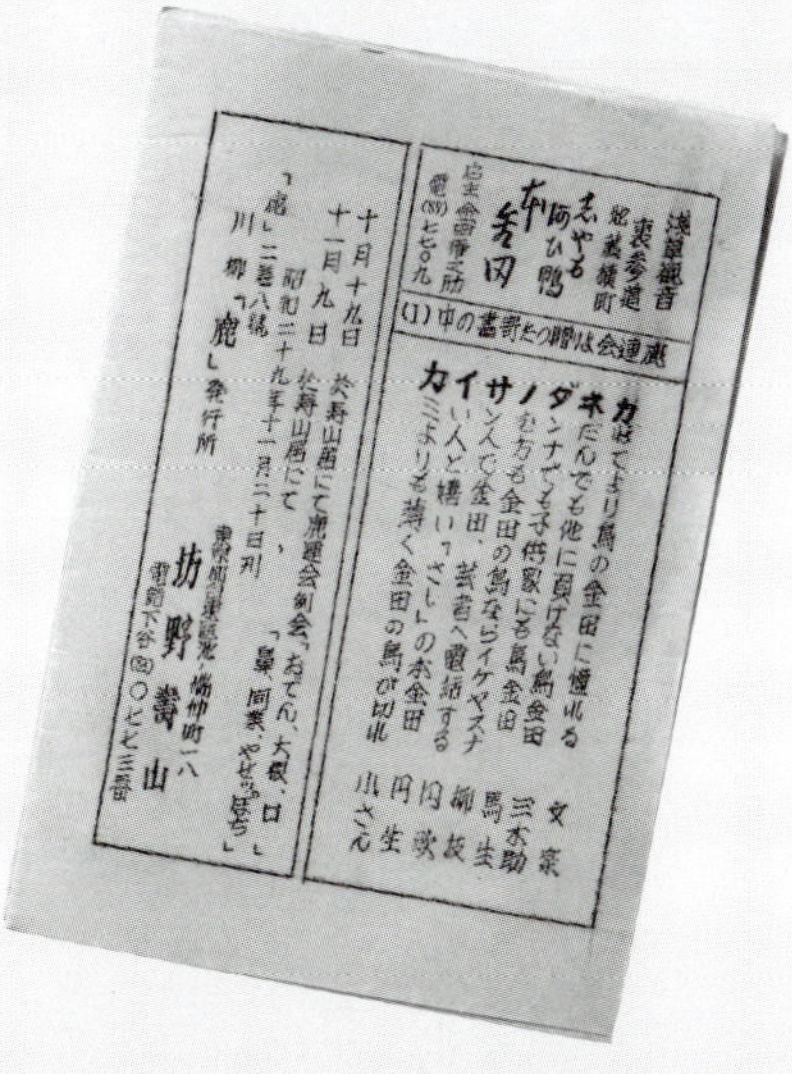

浅草観音
裏参道
本金田
(1)中の書寄たの贈は会連鹿
カねてより鳥の金田に憧れる
ネだんでも他に負けない鳥金田
ダンナでも子供衆にも鳥金田
ノむ方も金田の鳥ならイケマスナ
サン人で金田、芸者へ電話する
イい人と嬉い「さし」の本金田
カミよりも薄く金田の鳥が切れ
文楽 三木助 馬生 柳枝 円歌 円生 小さん
十月十九日
十一月九日
「鹿」二巻八号 昭和二十九年十一月二十日刊
川柳「鹿」発行所
坊野寿山

昭和29年8月

お題 「手ぬぐい」「氷」他

＊三遊亭圓歌が鹿連会に参加。

はなし家が持つ手拭は己に見え　圓生

現代は粋に思へぬカメノゾキ　圓生

鉢巻が角の酒場ぢや上の客　圓歌

冷蔵庫とんだデフレで氷だけ　圓歌

【カメノゾキ】淡い藍色。【扇雀】歌舞伎役者の中村扇雀。

手ぬぐい①

今でこそ手ぬぐいはタオルにとって代わられたが、昭和のこの頃はまだ活躍の場も広かった。落語家にとっては、今も昔も手ぬぐいは常にそばにあるものだ。

まず、高座では噺に出てくる道具として、手紙、財布、巾着などになる。

高座をおりれば、手ぬぐいは落語家の名刺になって活躍する。

二つ目になると、自分の名刺、すなわち手ぬぐいをつくることが許される。お披露目に初めてつくる手ぬぐいは、落語関係者や贔屓筋に配る。ご祝儀をいただけば、そのお返しは手ぬぐい。人にもよるが、１０００本ぐらいはつくるとか。

また、お正月を前に毎年つくる落語家もいるそうだ。

思春期は扇雀様の御手拭　右女助

繪に描いた涼しさに似て花氷　右女助

手拭も持つ人により粋と野暮　柳枝

手拭も運の悪いはお手洗ひ　柳枝

手拭の揃ひも粋な組踊り　小さん

子の熱は氷枕が揺れてゐる　小さん

絵が上手かった十代目金原亭馬生は、一門の弟子や親交のある人から、手ぬぐいの絵柄をよく頼まれたそうだ。手がこんだ絵柄もずいぶんある。（写真右）梅に絵馬のおめでたい絵柄（初音家左橋の手ぬぐい）。（左）名前に由来して東海道を描いたのか。富士に抱かれ松林を行く馬（五街道雲助の手ぬぐい）。

出てく子に氷をのむなと親はいひ　小さん

歌舞伎にはなくてはならぬ豆絞り　馬生

氷屋は氷切る度び汗を拭き　馬生

手拭で鼻をこすって強意見　三木助

手拭を胸に大きく入学児　圓蔵

金時が綿をかぶって夏を越し　圓蔵

手ぬぐい②

「タオルにとって代わられた」といったが、確かに「手をぬぐう」という役割ではタオルに負けているが、昔ほどではないが今でも、祝儀や不祝儀、名前入りで名刺代わりに、また、祭りや伝統芸能、剣道などのかぶりものとしても使われている。最近では風呂敷のような使われ方もされている。

手ぬぐいの歴史は古く、奈良時代までさかのぼる。その当時は主に神仏の清掃や神事のときの装束に使われていた。今は綿が主流だが、当時は絹や麻。高貴な人は絹製だった。今と違い、綿は中国からの輸入で、絹より高価だったから。

江戸時代になり、国内で綿が生産されるようになると綿製の手ぬぐいが広く普及し、手拭きをはじめ様々なシーンで活躍するようになる。

ひとかどの絵描気分で
さて、どんな絵が
描けたのだろう

昭和29年の8月から、鹿連会で絵を習い始める。いつまで続いたかは不明。（写真左より）桂文楽、林家正楽、柳家小さん、坊野寿山。

「かつぽれ」を踊るに出来た豆絞り　文楽

手拭に扇子を添へて名が変り　文楽

手拭も柄が悪いと手を拭かれ　志ん生

打ち解けた二人が掛ける氷店　志ん生

はなし家の手拭本にも財布にも　正楽

氷屋の看板　裏は焼芋屋　正楽

氷屋・冷蔵庫

戦後の復興期に氷は貴重品で、昭和20年代後半から30年頃は氷屋が大繁盛。漫画「サザエさん」にも頻繁に氷屋が登場し、各家の前で氷を切ったりする様子が、夏の風物詩でもあった。家には木製の冷蔵庫があり、上段に氷がしまわれ、下段のものを冷やした。

国産家庭用電気冷蔵庫の第一号は昭和5年に東芝が完成。小さな家一軒が建てられる価格だった。昭和20年代後半には テレビ・洗濯機とともに「三種の神器」といわれ、冷蔵庫も急激に普及する。

花氷

室内の冷房が完璧でなかったこの時代に、装飾と涼を目的に使われたのが「花氷」。中に花を入れて凍らせた氷の柱で、デパートなどに設置された。

昭和29年9月

お題
「パチンコ」「米」「眼」他

パチンコで上役に逢ふ昼休み
文楽

勿体なく母弁当のフタの飯
文楽

かつぎ屋のあぶない橋の駅へつき
志ん生

愚痴が出る汗が出る時玉は出ず
志ん生

かつぎ屋

戦後の物資不足の頃、農家などで直接仕入れ、それを担いで都会で売りさばいた人たちをこう呼んだ。戦争直後は非合法で危険な仕事だった。

　世の中が落ち着くと、農家の主に女性が自作の野菜などをかついで都会に売りに来るようになり、早朝の電車は大きな荷物をかつぐ女性達でにぎわう路線もあった。

大臣もつくづくつらゐ米を喰《く》ひ　圓生

米でさへ洗《せん》米《まい》になり糊になり　圓生

パチンコは時間がないとよく這入り　馬生

眼のゴミを舌でとつてる親心　馬生

目薬の看板の眼はどつちの眼　右女助

張込みにホームへ米の山が出来　小さん

世相覗き見❷

＊**ローマで開催された世界体操競技大会**に初参加した日本は、男女ともに大活躍。田中敬子は平均台で金メダル。この大会を機に、体操界の王座はヨーロッパ勢に代わり日本とソ連で争われることに。

＊**日本航空が国際線をスタート**させ、東京―サンフランシスコ間を就航。第一便の乗客は日本人のみで44名だった。

＊国立東京第一病院が成人病などの早期発見を目的に「**人間ドック**」を始める。

＊**無名であったエルビス・プレスリー**のデビューレコードが大反響を呼び、ステージでも熱狂的人気をさらい、プレスリー時代の幕開けとなる。

第一幕 昭和29年

後ろから眼かくしをする小さな手　小さん

子の夢は桃から続き華やかに　柳枝

近頃の米屋ようやく世辞を云ひ　三木助

警官の情で米が豆になり　圓蔵

のべつ眼をむいて見得切る旅役者　圓蔵

玉一つ飛ばして店中這ひ廻り　正楽

＊**国営競馬**に代わって、民営が運営する日本中央競馬会が発足。

＊**特撮映画の第一号『ゴジラ』**が封切られ、東京・日劇の前には長蛇の列ができた。

『ゴジラ』はシリーズ化され、海外でも評判になり、日本の怪獣映画の代名詞になる。ハリウッド版もできる。

＊パリ大学在学中の**18歳のフランソワーズ・サガン**が、『悲しみをこんにちは』でデビュー。フランスで84万部、アメリカで130万部を売る大ベストセラーとなり、映画化もされる(昭和33年)。

映画で主人公セシールを演じたジーン・セバークのヘアスタイルが、「セシルカット」と呼ばれ、若い女性の間で大流行する。

昭和29年10月

お題「おでん」「大根」「口」

大根売芝居町をばよけて行き　志ん生

「す」のあるは大根《だいこ》仲間の不良なり　志ん生

小役者の女房大根《だいこ》に飽きがくる　圓歌

悪口も孫の口ならにくくなし　圓生

大根

大根と聞いて、NHKの朝のテレビドラマ「おしん」に登場した「大根飯」を思い出す人もいるでしょう。

世話女房大根一ツを使い分け

と、川柳でも詠われているように、おでん、ふろふき大根など、大根は料理の幅も広く、昔から親しまれていた。なのに、「大根役者」とか「大根足」とあまりよい例えに使われていない。

大根売り芝居町をよけて行き

「大根役者」は大根で食中毒を起こすことがないことから、「当たらない役者」という説もあるが、定かではない。大根料理でいえば、大根は脇役で登場しても主役の座を奪ってしまうこともあるのだから、よい例えに使って欲しいと大根は主張したいかも。

第一幕
昭和29年

お口添え願ふ二《に》號《ごう》の御進物　圓生

太足の娘練馬で気兼する　圓蔵

大根の味噛み〆める歳になり　馬生

野暮なものおでんにすると乙になり　馬生

口八丁手も八丁で地獄耳　小さん

悪口をいわれ乍らに金を貯め　三木助

太足の娘練馬で気兼する

また、「大根足」＝「練馬大根」といわれるが、これも練馬大根にしてみれば迷惑なことのようだ。

練馬大根は、江戸時代から有名な大根で、中央部が太く、下部が細い姿から、「太い足」に例えられるのかもしれないが、全体の姿は白くむしろほっそりとしている。

世話女房大根一ツを使い分け　三木助

口ひげがせめて教師のお洒落なり　右女助

八ッ頭ばかりよってる呑めぬ奴　正楽

ヒョットコの口は「ジョウゴ」の様に見え　柳枝

女房に逆はず噺家無口で居　文楽

男だけ二股大根《だいこ》うれしがり　文楽

髭（ひげ）

明治時代の政治家や実業家は、競うかのようにみな立派な髭を蓄えていた。西欧の影響で、髭は権力や身分の象徴とされていたからで、下級軍人や教師は口髭やチョビ髭どまり。

さて、落語家はというと……。髭を蓄えていたとすれば「偉そうに高座から見下して」と客に思われてしまうだろう。また、落語家はいろいろな役を演じなくてはならないから、髭は邪魔になる、という理由もあるようだ。

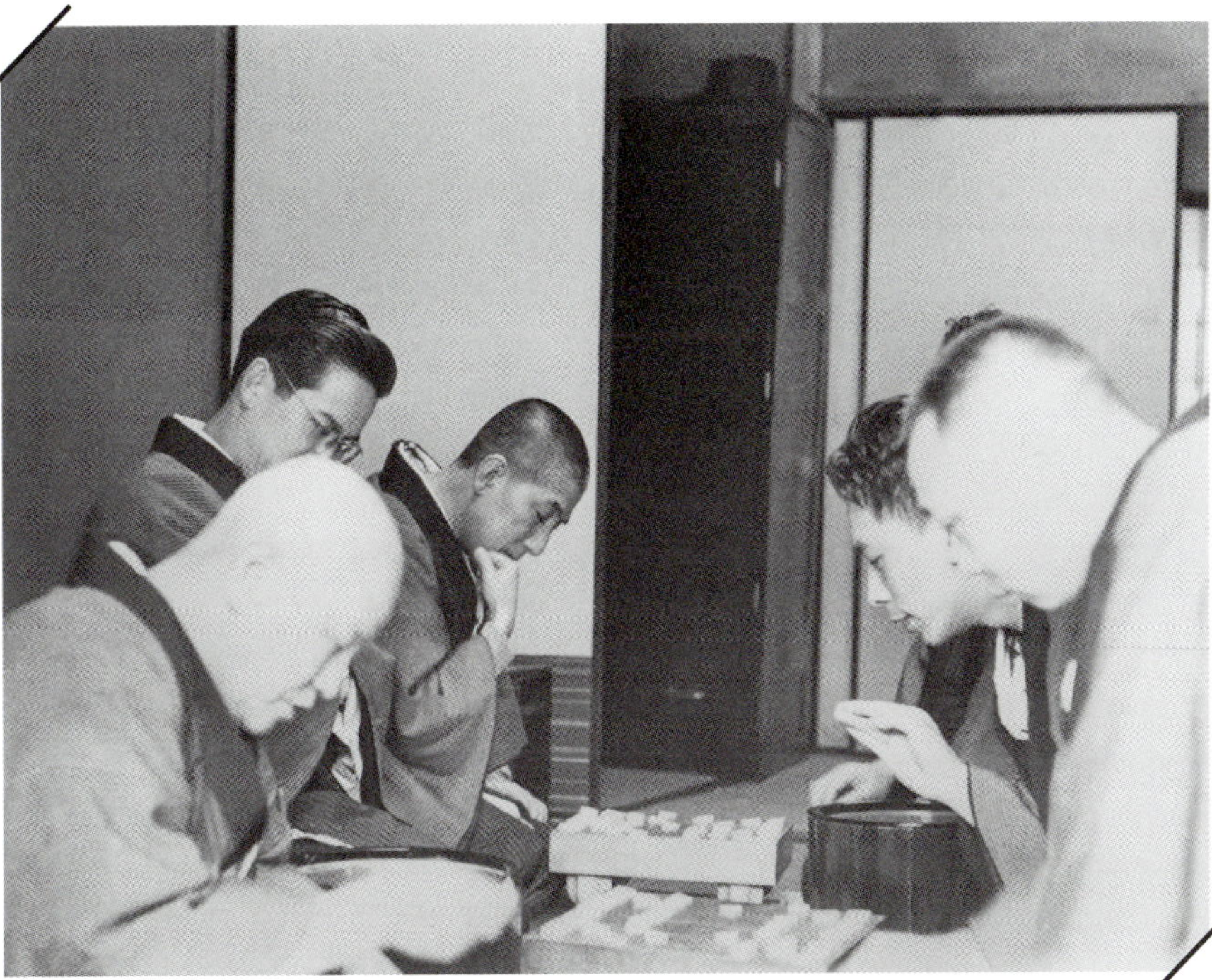

落語の『雨の将棋』は五代目古今亭志ん生がつくり、志ん生しか演じていない題目。それほど将棋が好きだったのだろう。（上）鹿連会のメンバーの顔も見える。（下）息子の金原亭馬生と。

川柳と落語

句作に励む落語界の重鎮達 はたして…… 芸風と川柳作品の関係は

長井好弘

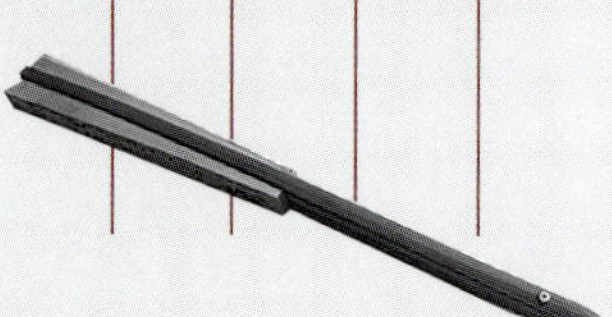

身に覚えがあるアレコレ

桂文楽

桂文楽は、鹿連会の中で、最も熱心な同人だった。句会に、いの一番にやってくる。だから、他の噺家が休むと腹が立つ。

「出来なくてもいいから、出ていらっしゃい！」

と電話をかけ、それでも次の会の出席者が少ないと、「一人でもやりますっ！」。

文楽は、自作をこんなふうに解説する。

「ちょいと自分のことばかりかまけて句を仕立てすぎる。やはり実感の句がとっさに出来てしまうんですねえ」

玄関でおかみパナマをほめてくれ

文楽は毎年、パナマ帽を買い替えた。いつも同じものをかぶって外出する。「師匠、今年のは乙ですね」。このひとことを言ってほしいと、訴えているのである。

春の宵妾同士で飲んでいる

これも文楽の「実感」の句だというから面白い。文楽宅のある上野西黒門町は昔、「お妾横丁」と呼ばれた。実際、何軒かの妾宅があったのである。かくて、文楽が作る川柳には、やたらにお妾さんが登場する。

黒門町でしか生まれない実感の句の数々は、その芸風と同様、色っぽく、艶っぽく、だけど何だか微笑ましいのである。

純な少年の心

柳家小さん

「心賤しき者は落語家になるべからず」

柳家小さんの「教え」である。小さんの作った川柳に粋や風流を感じさせるものは少ない。その代わり、川柳を愛した他の名人上手にはない、原石のような輝きがあった。

そこにあるのは少年の目だ。大人の日常や生活雑感を詠んでいながら、その行間に、遠い日の風景が隠れている。

活動とよぶ母つれてロードショウ
寂として生つばを呑むエロ映画

母との時間、ニキビ少年の冒険。大人になっても忘れない記憶の断片こそが、小さん川柳の原点なのだろう。

小さんは生涯、大のせ（大食漢）だった。食べ物の句がつまらぬはずはない。

弁当の蓋を屛風のように立て
風上を背にして秋刀魚焼いている

「弁当の蓋」は、年配者なら子供時代に誰でも経験したことだろう。「風上」の句も印象に残る。何気ない路地裏の風景が、一枚の絵のように浮かび上がってくる。

懐かしい日々の、素朴な感情を大人になっても持ち続けた小さん。「エロ映画」も「弁当」も作り物ではない、小さん自身である。

宗匠頭巾の「川柳博士」

三遊亭圓生

雑談、艶談、芸談は飛び交うものの、マジメな作句論など聞いたことがない「鹿連会」の中で、ただ一人、真剣に川柳のことを考えていたのが三遊亭圓生である。

第一次「鹿連会」では「使いっ走り」だったが、戦後の第二次、圓生は幹事として会の運営に関わった。とはいえ、選者が出した席題に「こんなのじゃダメ」と文句を言う噺家連中をまとめるのは楽な仕事ではない。

「自分だけでも、それらしくしなければ」と、鹿連会の日、圓生は紋付きに宗匠頭巾という姿で都電に乗ったが、乗客に「お坊さんですか？」と聞かれただけだった。

では、圓生の川柳の実力はどうか？

お花見で伜の酒を親父知り
畳替え去年の記事をちょいとみる
天ぷら屋禿げた頭に艶があり

噺家ならではの遊びや逸脱には欠けるが、勉強家の作品らしく、どれも手堅い出来だ。

自作、他作を問わず、要所要所に川柳を使った蘊蓄《うんちく》入りの噺のまくらにも定評があった。「鹿連会」での実作、文献研究や落語への見事な応用は、「川柳博士」と呼ぶにふさわしいものだ。

圓生は色紙を頼まれると、鯨の絵を描き、脇に一句添える。

潮を吹く鯨は海のポンプかな

この「クジラ色紙」を所望されると、いたくご機嫌だったという。

上手いのか下手なのか　桂三木助

「鹿連会」に集まる噺家の雑談が面白いからと、舞台や放送、雑誌などでしばしば「公開座談会」が催された。

座談会の最後はいつも、お互いの句の褒め合い、いや、けなし合い。必ずといっていいほど、桂三木助の句が俎上にのぼった。

「いつも遅刻して『どうもどうも』と入ってくる。それでいい句がこしらえられない」(五代目柳家小さん)、「当たり前のが多かった」(八代目橘家圓蔵)、「あの人のは本当にくだらない」(六代目三遊亭圓生)と評判は散々。いったいどんな句を作ったのか。

文楽・志ん生・柳好そろって花見かな

競輪の帰り自転車を見ると腹が立ち

選者の坊野寿山が「直しようがない」とあきれた迷句である。

三木助と言えば、練りに練った名作「芝浜」で知られた文芸派だ。川柳だって、けなされてばかりでは格好が付かない。

鉄火場にウツリの悪い五ツ紋

噺家になる前は、博打場で「隼の七」と呼ばれた人。「天」に抜け(選ばれ)、「へえ、私です」と得意げな顔で応えたという。

女房の帯から這入る年の暮れ

どうにもならぬ年の瀬の質屋通い。苦労したから、こういう句はお手の物だ。

「文楽・志ん生・柳好」と「鉄火場」との、あまりの落差。「鹿連会」での三木助は、謎の人だった。

十代目金原亭馬生画

第二幕

昭和30年代の鹿連会作品

昭和28年に第二次がスタートし
31年は鹿連会の活動もピークを迎える。
KRラジオで「落語と川柳会」と題して放送されたり、
「茶の湯川柳会」を開催したりと充実した時期。
各面々の力作を味わってください。

昭和30年7月

お題「鼻歌」「半分」他

吸かけのタバコは耳へはさんで見　文楽

鼻唄はくしゃみのトタンそれッきり　文楽

祝物半分返る気で祝ひ　三木助

鼻唄の様に姑のお経なり　圓歌

チャルメラ

その名も「チャルメラ」という即席麺のイラストは屋台のおじさんがチャルメラを吹いている。売り出されたのは昭和41年。

「ソラシーラソー　ソラシラソラー」のチャルメラの音に、外に飛び出した人も多いことだろう。チャルメラは客寄せのために吹いていたラッパのことで、れっきとした木管楽器の一種。

チャルメラに鼻唄小便犬の声　正楽

半分は親の光りが入學し　小さん

半分の裸体写真は物たらず　柳枝

半分はいづれといつてそれっきり　圓生

仲人へ半分言へず泣きくづれ　馬生

十代の鼻唄ジャズかマンボなり　馬生

ペルシャから中国を経て、日本に来たのは安土桃山時代。それが、どういう経路で屋台のラーメン屋さんとつながったのかは不明だが、大正時代にはすでにチャルメラが使われていたようだ。

マンボ
ニューヨークではマンボ教室に多くの女性が参加するなど、その軽快なテンポときれのよさで世界的に流行していたマンボ。
　日本では昭和28年のマンボを主とする楽団の来日、昭和30年のペレス・プラード作曲の「セレソ・ローサ」のヒットで、マンボ熱がピークに。東京キューバンボーイズをはじめ、マンボオーケストラが続々誕生した。ダンスの講習会も各地で開かれたが2、3年で流行に陰りが見え始める。

居酒屋で半借りする慣れた奴　圓蔵

客席に鼻唄がゐる小唄會　圓蔵

書《かき》置《おき》は半分読むと早くなり　志ん生

鼻唄のアトはいびきが引きうける　志ん生

助六の出を待つ傘の半びらき　右女助

鼻唄も欠伸もうつるいい天気　右女助

【助六】歌舞伎の演目のひとつ。

世相覗き見❶

*国産技術で生産された、日本で初といえる乗用車が販売される。「トヨペット・クラウン」だ。マイカー時代の先駆けとなる。

*理研光学工業が国産事務用コピー第一号を完成。コピー時代の幕開けを告げる。

*東京通信工業株式会社（後のソニー）がトランジスタラジオの商品化に、世界で初めて成功する。

*アメリカの物理学者アインシュタインが亡くなり、英首相チャーチルが辞任。

*古い歴史をもつボストンマラソンで日本の浜村選手が優勝する。

例会の後、一杯飲みながら…
文楽「いっぺんどうです、山があつて水が流れて河鹿の声をききながら句を作りたいですな」
志ん生「全くだネエヘ…、今日の場合は仕様がネーがネ」
右女助「では次の間へ木下華声と猫八をよんで来て河鹿をやらせますか」
圓生「エヘ…、吹きどうしに吹かせばい、でせう」
圓歌「河鹿が草疲れてグーグー寝てゐたなんてえ事になるにネ」
一同「ウハヽヽヽヽヽ…」
（『川柳鹿』30年8月号より）

昭和30年8月

お題「エビ」「耳」「夏」他

酒樽の上で伊勢ゑび見得を切り　志ん生

枝豆の殻はゆうべを物語たり　志ん生

道具屋は銭失ひを待ってゐる　志ん生

テレビ見て娘覺へたきうりもみ　圓歌

枝豆

どの野菜よりもしっかりと夏を告げる枝豆だが、すでに江戸時代に、枝豆売りは夏の風物詩だった。当時は、茹でられた枝豆は、枝についたままで売られ、さしずめ江戸時代のファストフードだった。

枝豆といえばビールだが、昭和の初め頃から名コンビであったようだ。

第二幕
昭和30年

出来の良い水瓜を噛り雨遠し　圓歌

耳の香をかいで曽呂利《そろり》は金を貯め　柳枝

伊勢ゑびも鎧《よろい》を脱げば哀れなり　馬生

耳許に香り残して女立ち　馬生

ハモニカのようにもろこし喰ってゐる　正楽

耳たばをまづ染めてから下をむき　三木助

テレビの料理番組

テレビ見て娘覚えたきうりもみ

昭和30年頃、まだテレビでは単独の料理番組は放映されていなかった。NHKの生活に役立つ衣食住をテーマにした『ホームライブラリー』で、週1回料理講座を放映していたので、ここできうりもみを取り上げたのだろう。この料理講座が独立して、32年に『きょうの料理』が誕生。長寿番組になる。

夜店の灯金魚なんだか淋しそう　圓蔵

夜店からちょいと離れて泣売屋　小さん

池ノ端へ来て植木屋値が上り　文楽

襟巻を邪魔にする子の育ちよう　右女助

銀狐あたじけもなきお買物　圓生

縁日は手品の種へ人だかり　圓生

【あたじけない】東京の方言で、「欲が深い、けち」という意味。

縁日

古典落語の演目のひとつに『初天神』がある。天神様の新年最初の縁日に出かける父と息子の話だ。飴が欲しい、凧を買ってくれという息子のせがみをなんとかかわす父親。息子に振り回される様子が笑いを誘うが、今でも、縁日ではよく見かける親子の姿だ。

お菓子も充分ではなかったこの時代、縁日は子供たちにとりワンダーランドだった。綿アメ、べっこうアメ、ベビーカステラ…。遊びでは金魚すくいや射的などの露店が並んだ。バナナのたたき売りもあった。

夜店からちょいと離れて泣売屋

川柳にある「泣売屋」とは、身の上話などで同情をかって安い品物を売る人だからか、「ちょっと離れた」暗い所で商売をしたのだろう。

(写真左より)六代目三遊亭圓生、五代目古今亭志ん生、三代目桂三木助、初代林家正楽、五代目柳家小さん、十代目金原亭馬生。

昭和30年11月

お題「釣り」「指」他

指の爪生れもつかぬ色に塗り　圓生

熱い茶をのめる将棊は勝つてゐる　右女助

船頭と程よく話す釣れた人　右女助

釣り舟が河岸《きし》に冷たい秋の雨　右女助

世相覗き見❷

この時代の娯楽を見よう。

＊映画

昭和30年に上映された邦画のベスト3は『赤穂浪士』『修善寺物語』『ひばり、チエミ、いづみのジャンケン娘』。洋画のベスト3は『砂漠は生きている』『シネラマホリデー』『海底二万哩』だった。

この年に亡くなったジェームス・ディーンの『エデンの東』は5位であった。また、マリリンモンロー主演で話題になった『七年目の浮気』もこの年の作品。有名な地下鉄通気口の撮影には4000人以上の野次馬が集まった。

1950年代は国際映画祭のブームで、監督の黒澤明、溝口健二が競い合うように賞を獲得。黒澤明の『羅生門』はベネチア映画祭、アカデミー

気短なくせに一番釣りが好き　三木助

釣竿が土手に垣根のいゝ天気　正楽

助言する方もへボなら指すもへボ　小さん

指切りで約束をする子煩悩　小さん

釣れぬ奴田圃で蝗《いなご》とってゐる　圓蔵

指先で言へないことを書いてゐる　馬生

賞で受賞。『七人の侍』もベネチア映画祭で賞を獲得。溝口健二も『雨月物語』『山椒大夫』がベネチア映画祭で受賞。

＊テレビ

昭和30年のテレビ局はNHK、日本テレビ（現）、TBS（現）の3局。NHKのクイズ番組『私の秘密』、TBSの最初の連続ドラマ『日真名氏飛び出す』は、共に50％近い視聴率だった。前者は司会の高橋圭三が冒頭で語る「事実は小説より奇なりと申しまして…」が流行した。他には『オールスター歌合戦』『のり平のテレビ千一夜』『サザエさん』『轟先生』などが人気番組。

アメリカのTVドラマは、昭和31年に『スーパーマン』、32年には『アイ・ラブ・ルーシー』『名犬ラッシー』『ヒッチコック劇場』が放映される。

万感をこめて女はツネるなり　馬生

船頭は釣れない客に世辞をいひ　柳枝

指先で○を見せるは無心なり　志ん生

忍術は指をにぎって目をつむり　志ん生

釣堀の鯉は又かと餌をみる　志ん生

釣り銭が手間とってゐる運転手　文楽

＊落語

落語は「寄席」で楽しむものであったのが、昭和30年頃から変わってきた。

ラジオ・テレビの登場で、落語が茶の間に入ってきたのだ。しかしテレビでは、テレビならではの娯楽番組が多く、今も続いている人気番組『笑点』は、昭和40年から始まった。また、「ホール落語」が誕生したのもこの頃。百貨店や放送局、新聞社が主催し、ホールで上演される落語会だ。音楽会のような気分で落語が楽しめた。

30年頃の落語家の人数は100名ほど(今よりはるかに少なかった)。寄席も苦しい営業状態にあったが、ラジオ、テレビの人気はものすごかった。ホール落語は落語の質向上やファンの増加に貢献したといわれる。

忙しい面々も
川柳つなぎで
くつろぎのときも

（写真手前から時計回りに）八代目桂文楽、三代目桂三木助、五代目柳家小さん、六代目三遊亭圓生、五代目古今亭志ん生。（志ん生宅で）

昭和31年1月

お題「時計」「お鍋」「帯」

玉の輿乗りそこなつて手鍋さげ　志ん生

融通がとまると時計は質に置き　志ん生

蟇《がま》口《ぐち》の中へ女房の腕時計　文楽

鳥鍋を突つつきながら金の事　文楽

鍋

鹿連会のメンバーはよく「桜鍋」（馬肉鍋）を食べに行ったという。浅草の吉原周辺には桜鍋を食べさせる「けとばし屋」が20軒近くあった。

山下のがん鍋知ってて歳が知れ

「雁鍋」は上野の山下にあった、幕末より続いた料理屋で、森鴎外、夏目漱石、正岡子規も通った名店。雁鍋は、雁の肉にネギを加えて食べる鍋料理。

落語の『鍋草履』や『二番煎じ』には鍋が登場する。

鍋焼きを熱そうに食ふ空ッ風　文楽

酔って来た亭主と時計見くらべる　圓生

鍋物は何かせわしい酔ひごころ　圓生

女待ち時間はさして気に留めず　圓生

踏切番時計に命預けてる　圓蔵

雪日和小鍋立して妻は待ち　圓歌

世相覗き見

***石原慎太郎が文壇デビュー**
作『太陽の季節』で芥川賞受賞。5月に映画化される。

***第7回冬季オリンピック**（イタリア）で、猪谷千春がアルペンの回転で、冬季オリンピック史上初のメダル（銀）獲得。オーストリアのトニー・ザイラーが三冠王に輝き、彼はその後映画スターに転身。
11月にはメルボルンオリンピック大会が開幕。直前に起こったソ連のハンガリー侵攻に抗議して、数か国が大会をボイコットした。

*出版社系では初の**週刊誌『週間新潮』創刊**（30円）。すでに新聞系からは『サンデー毎日』『週間朝日』が出ており、週刊誌ブームが始まる。

鍋の中話とぎれてネギを入れ　馬生

眼をとじて帯を解く音きいてゐる　馬生

ゼンマイを巻くのにノッポ使はれる　小さん

安時計どう直しても安時計　小さん

大鍋に気の弱いものの手が出せず　柳枝

山下の「がん鍋」知ってて歳が知れ　柳枝

＊**モナコ大公レーニエ3世と米女優グレース・ケリーの結婚式**が行われ、ヨーロッパ9か国に生中継された。

モナコは1918年のフランス・モナコ条約により、大公に跡継ぎができない場合は、フランスに併合されることになっていた。昭和33年に後継者アルベール公子誕生で、モナコ国民はホットした。

＊NHKテレビで**『チロリン村とくるみの木』**が4月に放送開始。子供に人気を博し、子供番組の重要性が認識された。黒柳徹子がピーナッツのピーコの声で出演。この後、同じ人形劇で『ひょっこりひょうたん島』が登場する。

『ひょっこりひょうたん島』のドン・ガバチョ

銀時計売った人が二階借り　三木助

女房の帯から這入る年の暮れ　三木助

中盆は腹巻の上に総絞り　三木助

角帯が好きな堅気の白い足袋　小勝（右女助改め）

鍋下を下戸は無闇と気にしてる　正楽

ギコチなく角帯〆める春の席　正楽

＊3月に富士写真フィルムが**国産初の電子計算機**を完成。

＊経済企画庁が**「1956年経済白書」**を発表。戦後復興の完了を宣言。「もはや戦後ではない」という言葉が流行。

＊**日本住宅公団が5団地**の賃貸住宅の入居受付開始。2DKの団地はあこがれの的であった。1か月の家賃はサラリーマンの月収が平均1万～2万円の時代に4000円前後であった。

＊**東海道本線全線が電化**。東京―大阪間が特急で7時間35分になる。

＊昭和29年頃から**造船ブーム**に拍車がかかり、この年、日本の造船業界がイギリス、ドイツを抜いて世界第1位となる。

昭和31年12月

お題「幽霊」「茶」「夫婦」「水」他

幽霊に振られ赤鬼ヤケになり　志ん生

朝帰り女房言葉が改まり　志ん生

茶柱が立つわと女郎お茶をひき　志ん生

番町のお菊お岩にへりくだり　志ん生

茶柱

茶柱が立つわと女郎お茶をひき

「茶柱が立つ」と縁起がいいといわれ、「お茶をひく」はお客がつかない意味。

さて、落語の世界でも様々な縁起かつぎが行われている。例えば、お客の大入りを願って、演目を決める。狸や幽霊噺は「化ける」「上昇する」といって、高座の最初の演目に望まれる。泥棒噺も「客の懐を取り込む」と、旅噺は「客足がのびる」と興行の初日にかけられる。

縁起かつぎの言葉選びもある。「し」「する」を使うのは嫌われる。「しの字嫌い」という噺もある。高座の下手に置かれている「めくり」に書かれる文字は寄席文字だ。線が重なるように隙間なく書かれるのは、席が客で埋まるようにとの願いからだとか。

判らずに只結構と茶の湯なり　柳枝

自動車をうらめしくみる水溜り　柳枝

酔ってくる頃から夫婦らしくなり　小勝

水入りの相撲へつける二重丸　小勝

勇ましい幽霊に逢ふハムレット　小勝

女河童水を離れてシナをする　圓歌

幽霊

落語の怪談噺には、「幽霊、化け物、死神」の噺が含まれる。番町のお菊お岩にへりくだり

お菊が登場する噺は『お菊の皿』（別名皿屋敷）、お岩が主人公の話は三遊亭圓朝の創作落語『四谷怪談』がある。

幽霊噺も怖いが、生きてる人間が主人公の『黄金餅』や『もう半分』は「ヒヤリ」とする落語だ。『黄金餅』は古今亭志ん生が得意であった。

鮨屋ではイヤといふほどお茶をつぎ　圓歌

倦怠期女房臍《へそ》くりうまくなり　馬生

鉛筆の押し売りがくる昼下り　馬生

共稼ぎかせぎ過ぎたる仲互ひ　馬生

茶の湯とは一寸しびれのきれるもの　正楽

四谷から出る幽霊は様がつき　正楽

押し売り

鉛筆の押し売りがくる昼下がり

昭和30年代は「押し売り」という言葉がよく聞かれた。主婦がひとりでいる時間帯をみはからってやってきて、すごんで見せて玄関に上り込む。売りつけるもので一番多かったのはゴムひもとか。マッチや川柳にある鉛筆もあったのだろう。

今の時代も、無理やり契約させて勝手に工事したり、高額な品を売りつけたり…。これが平成の押し売りだろうか。

共稼ぎ

この時代は、たとえ仕事に就いていたとしても、結婚を機に退職し専業主婦になるのが女性の生き方として当たり前だった。それが、戦後復興期を経て、高度成長期に入ると、一億総中産階級といわれるぐ

夫婦者嫌う貸間の若い後家　圓蔵

塩原も熱海もあるが家の風呂　圓蔵

二十年たって似合いの好い夫婦　三木助

恐そうに茶碗をにらむ茶の湯会　三木助

気の長い奴で茶の湯が上手なり　小さん

水しぶきあげて上がった日章旗　小さん

らいに中産階級が拡大し、核家族化も進み、共働きで家計をまかなわなければならなくなってきた。

共稼ぎかせぎ過ぎたる仲互い
　女性の地位の向上、子供教育、親世代の福祉と、共働きは多くのことに影響を及ぼしていく。

メルボルン・オリンピック
前記したが30年11月にメルボルン・オリンピックが開幕。

水しぶきあげて上がった日章旗
　日本の金メダルは、水泳で古川勝が、体操では小野喬、レスリングでは笹原正三、池田三男が獲得。銀メダル・銅メダルも水泳、体操、レスリングで15個獲得。またこの大会から、閉会式での入場行進は国別でなく参加選手が個々で行うようになり、友好と親善を深めた。

温泉を太陽族が荒してる　小さん

世話人に臆病がゐる怪談会　文楽

お隣の夫婦喧嘩をシンときく　文楽

とんだことと飛脚の足へ豆が出来　圓生

豆な人豆によく来てよく喋舌り　圓生

水掛論それは議会の御家芸　圓生

太陽族

昭和31年に芥川賞を受賞した石原慎太郎の『太陽の季節』から生まれた言葉。この小説に登場する若者は、裕福でいて既成の価値観を否定し、性にも奔放だがスマート。この主人公をまねする行動をとった若者を「太陽族」と呼んだ。

同じ行動スタイルをとる「００族」は、太陽族の後もいろいろ生まれては消えていった。例えば、「団地族」「社用族」「アンノン族」「竹の子族」「窓際族」……。

人形町末広亭での作句の後、客へのお楽しみ。踊り手は八代目桂文楽と八代目柳家柳枝。

絵画や茶会にいそしみ
真夏にドテラ姿で「我慢会」、
遊びも句作もマイペース

長井好弘

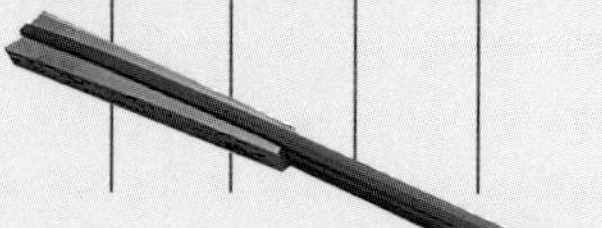

「この会は、噺家としての看板が揃っていたし、しかも句が実におかしいンだ」（六代目三遊亭圓生）

「うまいんじゃァなくて、おかしいのね」（五代目柳家小さん）

「でも噺家さんは選者の言うことを聞いてくれない。私が出す席題が気に入らないと、皆、平気で『悪い題だ』って文句言うんだもの」（坊野寿山）

圓生の言葉通り、鹿連会の同人には昭和の名人上手がずらり並んでいた。そんな大看板が次々と「おかしい句」をこしらえるのだから、世間の注目を集めるのも当然だろう。

鹿連会の活動のピークは、昭和30年前後である。中心メンバーの文楽、志ん生が60歳代前半、幹事役の圓生は50歳代半ばと、噺家として脂の乗りきった年代だ。句作以外にも、茶会のまねごとをしたり、絵を教わるなどの「文化活動」にもいそしんだという。

鹿連会の〝伝説〟となっているのが、30年8月に開かれた「我慢会」だ。

浅草の料亭・鳥金田の主人が店を名前ごと売

り、浅草公園裏に「本金田」を建てた。「開店祝いに宣伝してよ」と頼まれた寿山が「我慢会」を思いついたという。

「やりましょう。夏はみんな暇だからね」

同人たちも二つ返事で賛成した。

当日は、夕方の6時にスタート。噺家たちは羽織の上にドテラを着て、頭巾までかぶる重装備だ。窓を締め切り、ダラダラと汗を流しながら、熱々の鍋をつついて酒を飲む。もちろん、川柳も作った。

だが、こんな状態でいい句ができるはずはない。三木助は「気持ちが悪い」と、馬生に担がれて帰った。たまりかねた文楽がひと言。

「今度やるときは冬にしましょう」

冬にドテラで鍋をやるのは当たり前だろう。

31年6月、新築した寿山宅での例会が、「落語家と川柳」の題でラジオ東京（TBSラジオ）から放送された。

32年には、雑誌「淡交」が「鹿連会」の特集を組むため、句会の取材にやってきた。それならばと、ミニ茶会が始まった。最年少の馬生が緊張で手をふるわせながら茶を点て、皆、よそ行きの顔で川柳を作った。

同じ年の暮、人形町末広の高座で鹿連会を開催した。即席川柳がウケること、ウケること。その上がりを持って四谷に繰り出し、忘年会で大騒ぎ。「猫（芸者）を三匹呼んだ」というから、かなりの儲けだったに違いない。

寿山は59年に84歳で亡くなる前に『粗忽長屋文楽、志ん生、円生の素顔』を刊行、「選者」らしい遠慮のない筆致で、鹿連会同人の生々しい素顔を伝えている。

「暑い、暑い」とドテラを抜いて、思わずこの姿になったのか……。

真夏にドテラを着て「我慢会」

「元金田のお招きで八月七日夜、鳥鍋をつつきながら酷暑制服で川柳鹿連句会をやることになった。

さて行ってみると、ドテラに着替えさせられて冬支度で鳥鍋熱燗といふ攻め道具、内外タイムスの写真班がパチリ。

これが何と二時間半も続いたので、一同ヘコタレ気味。

文楽『こんど何ですな冬支度で冬の鍋といふアタリマエへの事を催しませう』といふ。かへつて今の時代はその方がウケルかもしれないと大笑ひ。来年の夏は裸で我慢会をやることとしませう。そして写真は夏冬互い違い新聞に出せばいい訳だと誰かがいふ。」（『川柳鹿』より）

「落語家と川柳」の録音が寿山宅で行われた。

31年は鹿連会の活動でみな大忙し

「昭和三十一年六月、新築の寿山宅にてKRの録音。「落語家の川柳」と題して、二十六日夜三十分間放送。

七月五日志ん生宅で川柳茶会。八月号『淡交』に此記事のる。

十二月二十九日人形町末廣亭にて川柳鹿連会を開催。大入り満員。

三十一日午后二時四谷蔦の家にて忘年会。猫三匹来て大いに踊る。」（『川柳鹿』より）

※KR＝ラジオ東京

32年には「鹿連会」が親になり「小鹿会」が出来ましたね。

昭和32年2月

お題「電気」「祭り」「雲」他

あじきなく煮上ってくる電気鍋　圓生

始発には通夜の帰りか釣りの味　圓生

病める児に次の祭りを楽しませ　小さん

美空ばりお祭りマンボで鐘一つ　小さん

「NHKのど自慢」

美空張りお祭りマンボで鐘一つ「鐘一つ」とあるから、「NHKのど自慢」だろう。NHKのど自慢は敗戦からわずか5か月後の昭和21年1月からラジオでの放送がスタートした。昭和35年からはラジオとテレビで同時に放送。昭和32年の司会は、のど自慢の顔であった宮田輝アナウンサー。

川柳にある美空ひばりの『お祭りマンボ』は、昭和27年にレコードが発売された。

雪ダルマ轟先生などがあり　文楽

洗濯桟買ふ気で妻の五年越　文楽

病める日は何か電気が薄暗し　馬生

気忙しく師走の女下駄の音　馬生

銀行の窓口指の忙しさ　圓歌

止められぬもんですなぁと刻みつめ　小勝

轟先生

昭和のこの時代は、まだまだ雪の降る日もあり、雪だるまをつくれるぐらいの降雪量があった。雪、鍋料理、炭といった言葉が自然に詠われる。

轟先生は昭和16年から雑誌『漫画』に連載が開始された4コマ漫画。作者は秋好馨。学校教諭の主人公轟先生を中心に、学園の話や、轟家の家族の話が盛り込まれている。昭和32年には讀賣新聞朝刊に連載されていた。昭和期の4コマ漫画のジャンルでは、人気漫画であった。

洗濯機

洗濯機買ふ気で妻の五年越

サラリーマンの月給が1万～2万円だった昭和32年、洗濯機の値段は2万～5万円。五年越しになるだろう。洗濯機の普及率は10％だった。

その嘘も女房の目尻知ってゐる　小勝

ステテコでかつぐ神輿のだらしなさ　柳枝

雪降りにすぐに目につく鍋料理　柳枝

情け無さすき櫛の目よく通り　正楽

尻にまでシワがよる程生きて居る　正楽

長襦袢パジャマに替る赤線区　圓蔵

祭り
落語の演目の一つに『佃祭』がある。住吉神社の夏の祭礼で賑わう佃島（東京）を舞台にした、「なさけは人の為ならず」がテーマになった噺だ。

飴細工
白い飴の塊をのばしたり、つまんだり、ハサミで切ったり…。職人の鮮やかな指さばきに子供も大人も見とれてしまう飴細工。割り箸をさして出来上がり。縁日やお寺の境内で見かけることが多かった。

停電にスリと新妻嬉しがり　圓蔵

鼻の穴黒い炭屋の律義めき　三木助

ていねいに指まできざむ飴細工　三木助

蚤の子は親の仇きと爪をみる　志ん生

お祭りは江戸の姿の形見なり　志ん生

雪の肌くひつく蚤がうらめしい　志ん生

ノミ
就寝中にチクリとやられ、飛び起きて、指で抑え込み爪でプツンとつぶす。この頃は、まだこんな光景が各家庭の日常的出来事だった。シラミによりもたらされる発しんチフスも急増していた。
シラミ・ノミ退治にＤＤＴ散布が、とくに引揚者や子供などを対象に行われ、また空中からの散布も行われた。

昭和32年7月

お題「団扇」「新聞」他

親方は裸が好きなヘチマ棚　文楽

先の事思ふ師匠を煙むたがり　文楽

腹の虫ヘソは棲家と思はれる　文楽

良い事があると双親思出し　志ん生

ヘチマ

大きなキュウリのような形をしたヘチマ。今でこそ登場しなくなったが、この頃はまだ需要があった。入浴時に体を洗う「ヘチマたわし」、「ヘチマ水」は化粧品として使われていた。

親方は裸が好きなヘチマ棚

江戸時代には、ヘチマ棚や夕顔棚の下で涼をとるのが、夏の風物詩にもなっていた。浮世絵にも描かれているが、絵の中で、女性はなぜか上半身裸である。

三助が着物を着ると風邪をひき　志ん生

新聞の袋の中は駄菓子なり　志ん生

助六は江戸紫を宣伝し　志ん生

水虫がなおれば秋の風となり　小さん

思い切り食ってみたいと居候　小さん

名台詞先代の芸思ひつつ　馬生

三助
昭和39年の調査（東京都）では、銭湯を利用している世帯は全世帯の約40％だが、家に風呂があっても、わざわざ行く銭湯好きも少なくなかった。
その銭湯ときってもきれない職業が「三助」。銭湯の客の背中や髪を洗う仕事で、男湯女湯が仕事場であった。
三助が着物を着ると風邪をひき
仕事着は半ズボンのような、股引（ももひき）が普通だった。もちろん、料金をとる。銭湯が激減した現代では、この職業もなくなったようだ。

江戸紫
青みをおびた紫。歌舞伎の『助六由縁江戸桜』で助六が頭に巻いていた鉢巻の色をさす。江戸時代に江戸で染められ、京都に対抗意識もあり、「京紫」に対してこう呼んだ。

春雨もストロンチウムで風情なし　馬生

柳腰八頭身には程遠し　馬生

親がやる団扇の風を子は知らず　圓蔵

突指は色っぽくないものにされ　三木助

長靴でとぼけた様な朝帰り　圓歌

夕刊も子供が売って哀れなり　柳枝

【ストロンチウム】ストロンチウム90は人体に悪影響を与えると考えられている。

コウモリ傘

春雨もコーモリ傘は風情なし

番傘などの和傘に対して、金属の骨に布を貼った洋傘を「コウモリ傘」と称した。それは、開いた形がコウモリの飛ぶ姿に似ていたからとか。

洋傘は江戸時代末期に日本に伝えられたが、「コウモリ傘」と呼ばれたのは明治になってから。

ちなみに、昭和32年頃は、まだ番傘や蛇の目傘は一般にも使われていた。

春雨もコーモリ傘は風情なし　正楽
店構え涼しくみせる氷店　正楽
シャボン玉浮世離れてどこへ行く　圓生
畳替え去年の記事をちょいとみる　圓生
金太郎腹を残して陽に焼ける　小勝
ターザンに誰が教へた隠すこと　小勝

畳替え

畳替え去年の記事をちょいとみる
現代では畳の部屋のある家が少なくなり、替えるときに新聞紙を敷くこともなくなった。この時代、新しい年を迎えるために毎年畳替えをしていた家も珍しくなかったようだ。漫画『サザエさん』にもそんなシーンが出てくる。

イ草の良い香りに包まれて新年を迎える――。思っただけで幸せな気分になるが、費用も大変だったろう。今だと、イ草が国産か中国産かでも異なり、価格には幅がある。

金太郎

「まさかりかついだ金太郎は……」――。5月5日の子供の日には、5月人形のモデルにもなり、こんな童謡もよく耳にした「金太郎」は、実在の人物・坂田金時の幼名。

昭和32年11月

お題「傘」他

白鷺は水に向って薄化粧　志ん生

辻占で宣伝するは淡路島　志ん生

朝寝では小原庄助ばかり売れ　文楽

酒呑みと酒呑みゲラゲラ笑ふだけ　文楽

辻占
「淡路島通う千鳥恋の辻占」と呼び声をあげながら、夜半の町で占紙を売り歩いたのが辻占売り。恋占いで、占紙には縁起の良いことだけが書かれていたとか。占紙にはあぶり出しや干菓子などにはさんだもの、爪楊枝の袋に入ったものなどがあった。

辻占で宣伝するは淡路島
確かに「淡路島、淡路島」と連呼されれば、耳に残ってしまうが、この呼び声は「百人一首」からきているという説が有力だ。その百人一首とは「淡路島通う千鳥の鳴き声にいく夜寝覚る須磨の関守」。恋の和歌ではないが、なぜこの歌が元になったかは不明である。

大門の柳哀れをとどめけり　小勝

助六は雨を知らない傘をさし　小勝

屠蘇に酔ひ子供かわいいくだを巻き　正楽

気に入らぬ風に柳は折れちまひ　正楽

返すとき借りた番傘もてあまし　小さん

春雨に沢田と月形思ひ出し　圓蔵

【大門】吉原への門
【沢田と月形】沢田正二郎は新国劇の座長、月形半平太は新国劇の代表作。

小原庄助

「小原庄助さん　何で身上つぶした」
「朝寝、朝酒、朝湯が大好きで、それで身上つぶした」
「ハア　もっともだ　もっともだ」

これは「会津磐梯山」のはやし言葉で、実在する人物かどうかは不明だ。ただ、昭和25年には『小原庄助さん』という映画も制作された（新東宝　大河内傳次郎主演）。

春雨は唄できくほど乙でなし　圓蔵

思ひ出は今の女房に話せない　圓蔵

笑ふ子のゑくぼ晩酌のぞきこみ　三木助

一言も喋らなくても役者なり　柳枝

腹立って帰った後に忘れ物　柳枝

停電になって電気の有難さ　柳枝

停電

戦後間もない頃から40年ぐらいまで続いただろうか。何の前ぶれもなく突然に、電気が消える。日常茶飯事だったので、ロウソクは必需品。慣れたもので慌てなかった。

急激な経済成長で消費電量に発電量が追い付かなかったなどの理由による。

ペニシリン

今はあまり耳にしなくなった薬がペニシリンとストレプトマイシンだろう。ペニシリンは1928年にイギリスのアレクサンダー・フレミングがアオカビから発見した初めての抗生物質で、肺炎や淋病、敗血症など幅広い感染症に使われる。

ストレプトマイシンは主に、結核の治療に用いられる抗生物質。

第二幕
昭和32年

お祭りへ一文獅子がやたら来る　圓生

妻の眼を盗んだ罰でペニシリン　圓生

泣く芝居子役使って又泣かせ　圓歌

元旦の新聞毎年富士を撮り　圓歌

ドサ廻り役者ときどきチンドン屋　馬生

芸術だヌードであるとヤニ下り　馬生

チンドン屋

チンドン屋さんの歴史をさかのぼると江戸時代までいってしまう。ひとりでいろいろな楽器を演奏できるように鉦(しょう)と太鼓を一緒にしたものを「チンドン太鼓」と呼び、「チンドン屋」と呼ばれるようになったのは昭和初期。室生犀星の『チンドン世界』はチンドン屋を書いた短編。

経済が活性化してきた昭和25年～30年は、ＰＲしたくても選択肢が少なく、チンドン屋の黄金時代。昭和30年には全国コンクールも行われた。

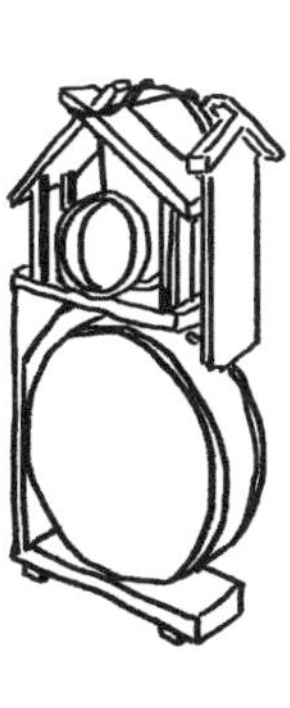

昭和32年12月

お題「犬」「安物」他

月界へ先ず白犬をやってみる　圓生

お値段に惚れて買ったら尺足らず　圓生

出鱈目の名前で仔犬ついてくる　正楽

安いから買ったで済まぬ朝帰り　正楽

世相覗き見❶

＊**南極観測船「宗谷」**が昭和31年11月8日に日本を出発し、32年1月30日に南極大陸東オングル島に上陸。永田武隊長はここを昭和基地と命名。「宗谷」から犬ぞりやヘリコプターを使って物資を運び、基地建設が急ピッチで行われる。

＊**女性週間誌**のトップをきって『週間女性』が河出書房から創刊。河出書房はこの年倒産し、主婦と生活社が継いで現在に至る。翌年には『女性自身』（光文社）が創刊され、38年に『女性セブン』が小学館から発行されて、3大女性週間誌が揃う。

＊ビール製造4社が**100円ビール**（500cc中びん）を一斉に発売。

安物のオーバ目方の重いこと　三木助

ブルドック時代遅れにみえる今日　三木助

南極の氷の中に犬眠り　馬生

安物に師走の風がしみ通り　馬生

犬小屋に犬が寝てゐる良い月夜　小勝

別れてのホームに気づく犬の顔　圓歌

＊昭和31年の**冬季オリンピック**において、3種目で優勝したトニー・ザイラーが来日。彼が主演した映画『黒い稲妻』『白銀は招くよ』もヒットし、スキーブームに火がつく。
　昭和36年にはレジャーブームと重なり、スキー客は年間100万人を突破した。

＊**浜村美智子が歌う『バナナボート』**で、南国風のカリプソ・スタイルが流行。

＊**国際ペン大会**が東京で開催される。世界26カ国から詩人、小説家、劇作家など360人が参加。日本ペンクラブ会長は川端康成。

＊**醤油を世界の味**にと野田醤油がアメリカ西海岸に進出。西海岸には日系人が多いことからスタート地になった。

安物の靴下その日に穴があき　小さん

安《やす》普《ぶ》請《しん》忽ち出来て貸家札　柳枝

後家の家犬が一番ゐばってる　圓蔵

洋館で犬がゐないと変なもの　文楽

安物を買って一人ではめている　志ん生

犬年に猫化粧して初詣　志ん生

世相覗き見❷

＊イギリスがクリスマス島で**水爆実験**を行う。アメリカ、ソ連に次ぐ水爆保有国となる。

＊**茨城県東海村**の日本原子力研究所に設置された湯沸型原子炉が臨界実験に成功。アジアではインドに次ぐ、2番目の原子炉稼働国となった。

＊**ソ連が人類初の人工衛星**スプートニク1号の打ち上げに成功する（10月）。11月にはスプートニク2号を打ち上げ、これには小型のライカ犬が乗っていた。

月界へ先ず白犬をやってみる

これはスプートニク2号をお題にしなのかもしれない。

昭和32年は戌年ではないが、南極観測でも、人口衛星でも犬が活躍した年だった。

昭和32年の12月30日に三越劇場で、「年忘れ三越落語会」と銘打って鹿連会メンバーで演芸会を催し、即席で句作を披露。大入り満員であった。（写真は人形町末広亭での大喜利か「三越落語会」か不明）

志ん生・馬生・志ん朝

「川柳ぐらい、いい道楽はない」と志ん生
馬生、志ん朝—息子ふたりも親に続く。
美濃部家三人三様の川柳を詠みとく

長井好弘

古今亭志ん生は、川柳の師匠・坊野寿山に川柳を愛するワケを語った。
「川柳ぐらい、いい道楽はない。安くて人に迷惑をかけず、腹も減らず、落語にも役に立つ。倅（十代目金原亭馬生）が酔って遅く帰ったりすると、川柳をやれと言うんです」

「金」と「酒」と自然流

志ん生の句風は、自然流だ。面倒な作句法などは一切なし。暮らしの中で見聞きしたことを思ったまま、五七五にする。ただそれだけなのに、何ともいえないおかしみがある。志ん生落語そのままの自然流川柳なのだ。

戦前の貧乏時代、志ん生（当時は甚語楼）は「お金」にまつわる川柳ばかり作っていた。

戦後、志ん生は噺家として頂点を極めたが、あいかわらず「お金」の句が多かった。

抱きついてキッスを見るに金を出し

「酒」の句も多い。「志ん生は、どんな題が出ても、まず酒と結び付けて句を作る」とは、鹿連会同人ほぼ全員の見解である。

パナマをば買ったつもりで飲んでいる

もう一つ、うるさい仲間たちをうならせた衝撃の句がある。

干物では秋刀魚は鰺にかなわない

これぞ自然流。サンマの干物を「見て感じた」だけなのに、昭和の名人たちが呆れ、感嘆した。「鹿連会」を代表する名句である。

「貧乏」で分れる父子の句風

この志ん生のすすめで、倅の金原亭馬生は戦後、同会の最年少同人となり、最後まで最年少の身分は変わらなかった。

「貧乏」が代名詞だった志ん生の家で育ったのに、「貧乏」を扱った句が見当たらない。志ん生は貧乏そのものを楽しんだが、馬生は「父ちゃんのおかげで苦労した」という思いの方が強かった。両者の句風の違いは、このあたりから来ているのかもしれない。

いざ吉原、若き前座の熱き思い

32年に入門した志ん生の次男、古今亭志ん朝は鹿連会には間に合わず、同年発会した若手の「仔鹿会」に句を残した。

トースケがよくて前座の長い夜

楽屋の符丁で「トースケ」は「面相」のこと。「イケメン前座が良い思いをした」という鼻持ちならない川柳である。

「前座でも二日働けば吉原で遊ぶ金ができる。そうなると、じっとしちゃいられない」

後年、噺のまくらで告白していた。川柳は、若き志ん朝の実体験だったのである。

あと十年早く生まれていたら、鹿連会の実力者になっていただろう。

三人三様

祖父志ん生、父馬生、叔父志ん朝の高座をはなれた三人三様の姿をお話ししましょう

美濃部由紀子

趣味も全く異なった三人

祖父志ん生・父馬生・叔父志ん朝は芸風も性格も全く違う三人三様なら、趣味も三人三様でした。志ん生の道楽「飲む」「打つ」「買う」は有名ですが、さすがに年を取ってからは「飲む」だけは変わりませんでしたが、趣味は「川柳」と「骨董道楽」に落ち着きました。

志ん生の骨董道楽は一風変わっていて、好きで買っても数日で飽きて売ってしまい、売った先でまた何か買うの繰り返し。何が楽しかったのか、私が思うに、店の店主とのやり取りが楽しかったのではないでしょうか。

馬生は「川柳」もやりましたが、「俳句」のほうが好きでした。「日本画」「日舞」「長唄、小唄」「カメラ」など多趣味でしたが、晩年はもっぱら「俳句」でした。父と母は十代の頃同じ日舞のお稽古場で知り合い、お互い惹かれ合いましたが、弟子同士の恋愛はご法度。そっと俳句で気持ちを伝え合うという粋なお付き合いをし、結婚しましたので、恋女房とゆっくりお酒を酌み交わしながら俳句の話しをすることを

（写真左から）志ん生夫人（おりんさん）、長女美津子さん、
志ん生、志ん朝、馬生。

何より楽しみにしていました。

志ん朝は志ん生が48歳のときの子。貧乏からやっと抜け出した後の誕生でしたから、何不自由なく育った大店の若旦那の様な人でした。趣味もやはりそれらしく、「車」や「ゴルフ」、それに「ジャズ」。こんなエピソードも聞いています。15歳の頃にジャズに凝り、ビニールを張った洗面器を大小いくつも並べ、ドラムの練習だと暇さえあればボンボン叩き、やかましかったと。晩年はジャズのライブをやっている店に通っていました。

親子兄弟といえども、芸風、性格、育った環境、時代が極端に違った三人ですが、共通点は三人とも芸の虫。それでも家で三人が芸談をする事はほとんどなかったと思います。落語は一人一人の芸ですから、当然のことでしょうがね。

志ん生家でのお正月

家族や一門が集まるお正月はそれは賑やかで和やかで、本当にウキウキしたものでした。志ん生家のお正月は床の間の前に、大きな雛壇をつくり、志ん生、馬生両家一門全員の鏡餅が名前付きで並びます。志ん生が亡くなってからは、馬生家で賑やかに正月の行事が行われました。準備は暮れから始まり、大晦日には酒屋さんが玄関に置いた一斗樽の口を開けに来ます。

お正月は噺家の稼ぎどきで、みな寄席を回り、どこの寄席にも行列ができていました。志ん朝もお弟子さん達を連れて家に挨拶に来て、「おめでとうございます」と一杯飲み、上野の鈴本演芸場へ…仕事を終えて家に戻り、飲んで騒いで、夕方から浅草演芸ホールへ行き、また家に帰ってくる、という具合でした。

正月三が日で100人くらいの噺家が出入りし、飲んでいましたが、中には母の手料理が目当ての方もたくさんいました。

志ん生、馬生、志ん朝も一緒に、家族全員が集まるのはお正月ぐらいだった。

酒の飲み方は三人三様

お酒は志ん生、馬生、志ん朝共に大好きでした。ただ飲み方が芸と同じで三人三様。志ん生はコップでキューと一気に、江戸の職人の様な飲み方です。外で飲むときもその調子ですから、さっさと飲んで「お先にごめんなさいよ」と帰ってしまう。馬生は正反対。味わいながらトロトロと飲むのが好み。志ん朝は大勢でワッと盛り上がって外で飲むタイプです。

祖父と父はお酒のテンポがかみ合わず、祖父は「あんなぐずぐず飲むなんざぁじれったくていけねぇ」と言い、父は「親父のように酔いたくて飲むような飲み方じゃお酒に失礼だ」と。酒好きでも一緒に飲むと喧嘩になるので、一緒に飲むことはありませんでした。

二人とも家では朝から飲んでいました。志ん生は朝ご飯の前にキューと一杯飲んでからご飯。ご飯は納豆やいくらなどで大きなお茶碗に三膳モリモリ食べます。馬生は「夜明けのビール」から一日が始まります。6時頃に一度起きてビールの小瓶1本を布団で飲みもうひと眠り。弟子が家の掃除を終わる頃に起き出し着替えを済ませ、神棚に挨拶をしてコップ酒をチビチビ飲みながら朝食を待つ。食通といわれてましたが、食は細く、「美味しいものをすこぅし食べればそれでよし」という按配。

二人とも一日中飲んでいましたが、私の知るかぎり二日酔いで具合が悪いというのを見た事がありませんでした。毎日かかさず飲んでいるので、二日目がないからでしょうか。私も二人の息子もしっかりその体質は受け継ぎました。

テレビ出演をしたときの記念写真か。中央には志ん生夫婦、その後ろが志ん朝、手前右に馬生。古今亭金馬、徳川夢声の顔も見える。

親子・兄弟の関係を超えた仲

性格も三人三様です。祖父志ん生は皆さんがおっしゃる様に「破天荒」「超個人主義」な人でした。父馬生はそんな志ん生に替り十代から家族を養い、志ん生が亡くなるまでまるで父親代わりに面倒を見てきました。それでも志ん生からは何の引き立てもなく、自身の力で名人といわれるようになりました。まさに努力の人です。

叔父志ん朝は極貧の生活を経験せず、両親に溺愛され、兄である馬生も子供の様に可愛がっていました。そんな環境で育った志ん朝は、先にもお話しましたように、大店の若旦那の雰囲気を持った人でした。

性格も芸も三人三様でしたが、本当に仲の良い兄弟であり、親子でした。

志ん生をはさんで馬生、
志ん朝の息子達。奥には
桂文楽の顔も。

馬生、志ん朝、後ろには
林家三平が。

志ん生の膝の上には孫の
池波志乃が、おりんさん
に抱かれているのは美濃
部由紀子。

昭和33年2月

お題「相撲」「天ぷら」「抜く」

国技館ダフ屋コワゴワウロウロし　文楽

手おくれになってゐるのに加美の素　小さん

天ぷらの揚げかす好きで小金貯め　小さん

抜け切れぬ昔の事で家が揉め　柳枝

【加美の素】加美乃素本舗から発売された育毛剤のことだろう。

世相覗き見❶

＊**昭和33年2月のお題**は「相撲」。志ん生と馬生が若乃花を詠んでいる。若乃花は33年1月場所後、第45代横綱に昇進。土俵の鬼といわれ、栃錦と栃・若時代をつくる。

若乃花賞杯をうけて子を想ひ

　昭和31年に長男がちゃんこ鍋をひっくり返し火傷で亡くなるという悲劇に見舞われ、愛児の名を記した数珠をさげて場所入りしたという。

＊**江崎玲於奈**が発明した半導体「エサキダイオード」が海外で大きな反響を呼ぶ。1973年にはノーベル物理学賞を受賞。

＊東京有楽町の日劇で行われた**「日劇ウエスタンカーニバル」**初日には、夜明け前から

天ぷら屋禿げた頭に艶があり　圓生

物言ひに心配顔は行司だけ　圓生

セッカチな客は弓取立ってみる　三木助

雷電に仇討たのむ村相撲　圓蔵

神主の様に座敷へ揚げにくる　小勝

若乃花こ一番で人気が出　志ん生

【雷電】雷電為右エ門　江戸時代の相撲力士。

2000人以上の10代の男女が駆け付けた。山下敬二郎、平尾昌章、ミッキー・カーチスらへの嬌声と紙テープが、新しい音楽ロカビリーブームの到来を告げた。

＊「どこの誰かは知らないけれど…」の主題歌で始まる『月光仮面』が2月からスタート。視聴率60％を超える人気を獲得した。

＊本州と九州を結ぶ、世界初となる海底国道「関門トンネル」の開通式が3月行われる。

＊長島茂雄が巨人に入団、この年の4月、巨人対国鉄の試合でデビュー。この年の日本シリーズで巨人は西鉄に敗れ、川上哲治選手が引退を表明。西鉄の稲尾投手は最優秀選手に選ばれる。

弱そうにみえて強いは鳴門海　志ん生

皇太子うなづき給ふ遠メガネ　圓歌

勝力士髪の乱れも勇ましい　圓歌

相撲取足袋をはく時苦しかろ　馬生

若乃花賜盃をうけて子を想ひ　馬生

解説をまごつかせてる変な勝　正楽

＊**「お湯をかけて2分間」**のキャッチフレーズで、日本初の即席ラーメン「チキンラーメン」が日清食品から発売。一袋35円は高かったが人気に。

＊**フラフープ**がブームに。百貨店などで発売されたが、整理券を出すこともあるほどたちまち人気に。270円。1か月に大変な数が売れたが、ケガ人が出たり、体への有害説も出て、人気は急速に衰えた。

＊11月27日、**皇太子と正田美智子さんのご婚約**を宇佐美宮内庁長官が発表。民間からの初の皇太子妃誕生で、全国に「ミッチーブーム」が。

＊12月に**東京タワー**が完成。送信塔は、パリのエッフェル塔をしのぐ世界一の高さ333m。

作句の後、「天庄」で鹿連会の新年会

(写真左から) 七代目橘家圓蔵、坊野寿山、二代目三遊亭圓歌、三代目桂三木助、六代目三遊亭圓生、八代目桂文楽

昭和33年6月

お題「吉原」他

見返り柳遊覧バスで知り　文楽

一八はお世辞笑ひであがり込み　文楽

朝帰り湯屋で知ってる人にあい　志ん生

そのあした夕べのことで寝つかれず　志ん生

吉原

吉原は江戸幕府公認の遊郭として栄えた。明暦の大火以後、人形町から浅草北の地に移転し、昭和32年に売春防止法が施行されるまでの約400年間、最大級の規模を誇る遊郭として存在した。江戸時代の最盛期には相当数の遊女がいた。規模は東京ドームより広かった。また、遊女の中でも、地位の高いものは太夫とか花魁と呼ばれた。

見返り柳遊覧バスで知り

遊郭への入り口になる大門のそばにある柳で、遊郭で遊んだ人が、名残おしさに振り向く場所だそうだ。

吉原と落語

吉原を題材にした落語がけっこうある。江戸時代後半、江戸文化を支えたのは芝居と遊

花魁の為にやりくりうまくなり　志ん生

笑い声まだまばらなり宵の席　小さん

角砂糖コロがしてみるバクチ好き　小さん

不夜城も明け渡したり夢の跡　馬生

仲の町子供の遊ぶ皐月晴　馬生

笑ったと家中騒ぐ初節句　馬生

郭といわれているからだろう。「落語の登場人物は吉原に憧れている。あこがれの持つあたたかさがある。落語は吉原を笑いながら、遊女を笑ってはいない。落語の庶民は悲しみの奥底を笑ったりはしない。ここには江戸ヒューマンユーモアのセンスがあふれている。落語が人情噺と呼ばれる所以である。」(『吉原の落語』渡辺憲司より)

『お直し』『三枚起請』(さんまいきしょう)、『明烏』(あけがらす)『紺屋高尾』(こうやたかお)等々…。

『お直し』は五代目古今亭志ん生のおはこで、昭和31年度の芸術祭賞を受賞した。また、『三枚起請』は古今亭志ん朝、『明烏』は桂文楽が得意としていた。

あの里も晦日に月が出なくなり　圓蔵

だんだんに見返り柳やせていく　圓蔵

千両の灯り吉原三下り　三木助

鳥泣き投込寺に花が咲き　圓歌

吉原も今は昔の種にされ　柳枝

吸付の煙草で客は吸取られ　柳枝

花魁

花魁の為にやりくりうまくなり

遊女の最高位「花魁」。一晩のお相手で、今の金額で数十万というが、そこまで行きつくのに長い道のりがある。3回以上は通って華やかに遊ばなければいけない。数百万円は必要だったとか。

うまくやりくりできても、花魁に振られることもある。どんなにお金を積まれても、断れるのが花魁の特権だったという。

投げ込み寺

身よりのない遺体を放り込む寺をこう呼んだ。吉原では近くにある浄閑寺が投げ込み寺だった。身よりのない遊女が亡くなると人目を避けて運び込まれ、供養もなく葬られた。

第二幕

昭和33年

笑うのは禁物といふ高利貸　正楽

七癖の中にいい癖悪い癖　正楽

鳩バスで吉原へ行くあじけなさ　圓生

雲晴れて見交わす顔の釣仲間　圓生

松葉屋のバスのお客に踊るだけ　小勝

吉原はほんとに暗い街になり　小勝

はとバス

東京観光の定期バスとして「はとバス」がスタートしたのは昭和24年。集団就職で東京に出てきた若者がお金を貯めて、両親に東京見物をプレゼントするというケースが随分あったそうだ。

鳩バスで吉原に行くあじけなさ

松葉屋のバスのお客に踊るだけ

吉原の灯が消えるとはとバスの「夜のお江戸コース」で、吉原松葉屋の花魁ショーが人気を博した。

昭和33年8月

お題「坊主」「ヒヤリ」他

法衣ではさすが気がさす女郎買　圓生

さあ事だ今度坊主のストライキ　圓生

坊さんが来ると家中堅くなり　志ん生

雨だれを首を縮めて裏長屋　志ん生

世相覗き見❷

皇太子妃決定、東京タワー完成など、昭和33年の世相（p116〜p118）には楽しいニュースが多い。1万円札が発行され、景気も好景気。岩戸景気といわれた。若手サラリーマンの給料が急上昇し、中産層が増え、大型スーパーやストアが出現して、消費ブームに拍車をかけた。

第二次鹿連会が28年に発足して、会が充実していた30年代、この時期の日本は、世界に例のないほどの高度成長期に入っていた。

＊昭和25年〜28年／朝鮮戦争による**特需景気**

＊昭和30年〜32年／神武天皇にちなんで**神武景気**

＊昭和33年〜36年／天の岩戸にちなんで**岩戸景気**

冷蔵庫あるのにビール出て来ない　圓蔵

お怪けよりひやりっとする金のなさ　圓蔵

忙しく盆の坊主の日和下駄　文楽

女房の機嫌が判る冷蔵庫　小勝

旧盆にかへる坊主のアルバイト　小勝

ゑりもとへ這入る雨だれひやりとし　柳枝

夏に聞きたい落語

お怪けよりひやりっとする金のなさ
悪口を子供が覚えヒヤリとし
女房の前で友達ヒヤリさせ

「ヒヤリ」とさせてくれるのは、怪談話だけではないようだが、夏の暑さを一時忘れさせてくれる落語を紹介しよう。『死神』『鰍沢』『牡丹燈籠』『お菊の皿』などが怪談噺としては定番だろう。

ヒャッとはしないが、夏気分が倍増する噺もある。『たまや』は花火がお題になっている。涼しげな料理が並ぶのは『青菜』、夏にないみかんを求めて炎天下を汗だくで奔走する『千両みかん』などがある。

落語のルーツは「説教」？

お題にもなっている「坊主」だが、お坊さんの「お説教」が落語のルーツとか。

サーカスはひやりとさせて拍手なり　柳枝

ブリンナー春泥からは坊主もて　馬生

悪口を子供が覚えヒヤリとし　馬生

ならび僧慎太郎刈の坊主も居　正楽

女房の前で友達ヒヤリさせ　小さん

鼻毛抜きクシャミしている閑なこと　三木助

ユル・ブリンナー

ブリンナー春泥からは坊主もて
ユル・ブリンナー主演の映画『王様と私』が公開されたのが昭和31年。アカデミー主演男優賞を獲得し、ユル・ブリンナーのスキンヘッドがあらためて注目された。「春泥」は今東光作『春泥尼抄』を指すのだろう。昭和33年に講談社から刊行された。

慎太郎刈

昭和31年に芥川賞を受賞し、映画化された『太陽の季節』。この作者である石原慎太郎の髪型がマスコミにより「慎太郎刈」とネーミングされ、たちまち人気になる。少し長めの前髪が額にかかり、脇は短くすっきりと刈り上げられている。「慎太郎刈」以前にブームになったスタイルは朝鮮戦争の影響を受けた「GIカット」。

納得の句ができたのか、一杯前に皆いい顔でおさまる

（写真手前左から）六代目三升家小勝、五代目古今亭志ん生、八代目桂文楽、二代目三遊亭圓歌、八代目春風亭柳枝、初代林家正楽　（後方左から）七代目橘屋圓蔵、十代目金原亭馬生、五代目柳家小さん、坊野寿山、六代目三遊亭圓生、西島〇丸

仔鹿会

昭和32年に発会した「仔鹿会」メンバーの川柳です。

高級車エンコしてるを笑って見
柳家小山三（五代目柳家つばめ）

老の眼は観光バスにつゝましい
三遊亭朝三（三代目三遊亭円之助）

タクシーは客の片手を見逃がさず
三升家勝二

桜紙買ひそびれてる若女房
林家小正楽（二代目林家正楽）

泳いでる人まで逃げる俄雨
柳家小きん（四代目柳家小せん）

岸総理涙をのんで国産車
柳家小団次（六代目柳亭燕路）

自家用車買って娘をのせてみる
三遊亭歌太郎

トースケがよくて前座の金廻り
古今亭朝太（三代目古今亭志ん朝）

さいてるだけの前座の長い夜
柳家小光（五代目鈴々舎馬風）

ケトバシを出てから前座用があり
柳家一二三（柳家さん吉）

吉原は暗く浅草影落し
三遊亭さん生（川柳川柳）

転んででない蔭居のふところ手
三遊亭全生（五代目三遊亭圓楽）

くだらない司会でやっと売れてくる
林家三平

酔はしてといわれて女を怖くみる
三遊亭歌風（三笑亭笑三）

酒タバコ女嫌いと嘘をつき
古今亭金助（三代目吉原朝馬）

めざましにせめられている二日酔
柳家小ゑん（五代目立川談志）

ヤケ酒も金がなくては無事に済み
柳家小延

口紅のついたタバコでゴマかされ
古今亭馬太郎（八代目古今亭志ん馬）

パチンコの名手タバコが服に怪け
林家照蔵（五代目春風亭柳朝）

スタイルを気にする前座背がはしい
橘家升蔵（八代目橘家円鏡）

「鹿連会」
川柳作者別索引

第二次鹿連会メンバー11人の川柳を時代別に紹介してきました。
ここでは時代別に掲載した作品を作者別に紹介します。
p60〜の「川柳と落語」を参考に、
時代別とは異なる楽しみ方を見つけてください。

にじみ出る作品の数々。
そのお味をご堪能ください。

八代目 桂文楽

松茸を褒めすぎてゐるウス笑ひ
紋付を懐中へ入れモンペはく
大鼓持洋画が好きで頭が高い
一八が懐ろ手して酉の市
小格子の乙なのを見る酉の市
強情に朝湯へ出てく空ッ風
さくら炭後妻は特にキレイづき
自腹では食べない物がふぐの味
大晦日そばやの道具すぐにさげ
ケトバシの酒は二級か白馬か
忘年の鹿連楽しくも猪口重ね
かえり際これ丈けのんでと猪口をくれ
汽車待つ間マッチの軸で耳そうじ
羊かんをウス目に切って腹が知れ
草餅を貰ひ彼岸だなとおもひ
花見から一人怒つてかへる奴
エビフライ時価と小さく刷ってあり
アベックの女みつめてつねられる
「かっぽれ」を踊るに出来た豆絞り
手拭に扇子を添へて名が変り
パチンコで上役に逢ふ昼休み
勿体なく母弁当のフタの飯
女房に逆はず噺家無口で居
男だけ二股大根うれしがり
玄関でおかみパナマをほめてくれ
春の宵妾同士で飲んでいる
吸かけのタバコは耳へはさんで見
鼻唄はくしゃみのトタンそれッきり
池ノ端へ来て植木屋値が上り
釣り銭が手間とってゐる運転手
蟇口の中へ女房の腕時計
鳥鍋を突つつきながら金の事
鍋焼きを熱そうに食ふ空ッ風
世話人に臆病がゐる怪談会
お隣の夫婦喧嘩をシンときく
雪ダルマ轟先生などがあり
洗濯桟買ふ気で妻の五年越
親方は裸が好きなヘチマ棚
先の事思ふ師匠を煙むたがり
腹の虫ヘソは棲家と思はれる
朝寝では小原正助ばかり売れ

酒呑みと酒呑みゲラゲラ笑ふだけ
洋館で犬がゐないと変なもの
国技館ダフ屋コワゴワウロウロし
見返り柳遊覧バスで知り
一八はお世辞笑ひであがり込み
忙しく盆の坊主の日和下駄

五代目 古今亭志ん生

借りのある人が湯ぶねの中にいる
松茸を売る手にとまる赤とんぼ
ケイリンで損した上に風邪をひき
差押さへ情を知らぬフリをする
儲かつた事を忘れず損忘れ
与太郎は鯛から先に箸をつけ
赤鯛は派手と黒鯛悪くいひ
とうの芋そのあくる日は邪魔にされ
恵比寿様鯛を逃がして夜逃げをし
自動車のタイヤの跡を武士歩き
抱きついてキツスを見るに金を出し
空ッ風おでんの見世へ吹き寄せる
薄情な奴でも煙る炭に泣き

前掛の下に気兼の秤炭
ふだんより金の貴い大晦日
丸髷で帰る女房に除夜の鐘
借金で廻らぬ首が逃廻り
言訳をしてゐる中にそばがのび
白馬をのんで馬道急ぐ客
冷酒をのむ時猪口に用はなし
盃をほうるは胸に何があり
湯豆腐は二人のぐちをきいてゐる
羊羹の匂ひを嗅いて猫ぶたれ
懐ろは寒の中でも春が来る
酒のんで喧嘩はすれど花を見ず
花見から四五人連立つ仲の町
中串の焼ける間のあぶら蝉
捨てるカツ助かる犬が待って居る
たばこの火つけるトタンにバスが来る
手拭も柄が悪いと手を拭かれ
打ち解けた二人が掛ける氷店
かつぎ屋のあぶない橋の駅へつき
愚痴が出る汗が出る時玉は出ず
大根売芝居町をばよけて行き
「す」のあるは大根仲間の不良なり

書置は半分読むと早くなり
鼻唄のアトはいびきが引きうける
酒樽の上で伊勢ゑび見得を切り
枝豆の殻はゆうべを物語たり
道具屋は銭失ひを待ってゐる
指先で○を見せるは無心なり
忍術は指をにぎって目をつむり
釣堀の鯉は又かと餌をみる
玉の輿乗りそこなって手鍋さげ
融通がとまると時計は質に置き
幽霊に振られ赤鬼ヤケになり
朝帰り女房言葉が改まり
茶柱が立つわと女郎お茶をひき
番町のお菊お岩にへりくだり
蚤の子は親の仇きと爪をみる
お祭りは江戸の姿の形見なり
雪の肌くひつく蚤がうらめしい
良い事があると双親思出し
三助が着物を着ると風邪をひき
新聞の袋の中は駄菓子なり
助六は江戸紫を宣伝し
白鷺は水に向って薄化粧
辻占で宣伝するは淡路島
安物を買って一人でほめている
犬年に猫化粧して初詣
パナマをば買ったつもりで飲んでいる
干物では秋刀魚は鯵にかなわない
若乃花ここ一番で人気が出
弱そうにみえて強いは鳴門海
朝帰り湯屋で知ってる人にあい
そのあした夕べのことで寝つかれず
花魁の為にやりくりうまくなり
坊さんが来ると家中堅くなり
雨だれを首を縮めて裏長屋

十代目　金原亭馬生

薄情を売り物にして蔵を建て
紋付は野暮な紋ほど高く売れ
仕出し屋の看板大抵鯛を描き
人混みを抜けると熊手重くなり
家中で吉原歩く酉の市
空ッ風道行く人のくの字なり
志ん猫でフグをくってるフラチ者

手あぶりに堅炭入れて叱られる
大晦日大晦日だと大晦日
芝浜の財布世に出る大晦日
大晦日どうでもなれと肝をすへ
刀折れ矢つきてこゝに大晦日
盃が溜った頃にゐなくなり
マチ棒で絵をかいてゐる待呆け
湯豆腐の湯気に心の帯がとけ
春らしい気分は女の姿より
草深い田舎町にも眞知子巻
八百長が当たり前だと草競馬
お花見はスリと刑事の大舞台
蒲焼を待つ間下戸はダレて居る
アベックは女が良いとくやしがり
歌舞伎にはなくてはならぬ豆絞り
氷屋は氷切る度び汗を拭き
パチンコは時間がないとよく這入り
眼のゴミを舌でとってる親心
大根の味噛み〆める歳になり
野暮なものおでんにすると乙になり
仲人へ半分言へず泣きくづれ
十代の鼻唄ジャズかマンボなり

伊勢ゑびも鎧を脱げば哀れなり
耳許に香り残して女立ち
指先で言へないことを書いてゐる
万感をこめて女はツネるなり
鍋の中話とぎれてネギを入れ
眼をとじて帯を解く音きいてゐる
倦怠期女房臍くりうまくなり
鉛筆の押し売りがくる昼下り
共稼ぎかせぎ過ぎたる仲互ひ
病める日は何か電気が薄暗し
気忙しく師走の女下駄の音
名台詞先代の芸思ひつつ
春雨もストロンチウムで風情なし
柳腰八頭身には程遠し
ドサ廻り役者ときどきチンドン屋
芸術だヌードであるとヤニ下り
南極の氷の中に犬眠り
安物に師走の風がしみ通り
相撲取足袋をはく時苦しかろ
若乃花賜盃をうけて子を想ひ
不夜城も明け渡したり夢の跡
仲の町子供の遊ぶ皐月晴

笑ったと家中騒ぐ初節句
ブリンナー春泥からは坊主もて
悪口を子供が覚えヒヤリとし

桂右女助（六代目三升家小勝）

人情の人気があおる名寄岩
予定した様にハグレルお酉様
休憩の長い場末の映画館
家で食ふ鯛はうしをにまで及び
柿の木に柿只一つ空ッ風
かんざしの稲穂は正に闇の米
借金の今日は出来ぬ日大晦日
借もなく貸は尚なし大晦日
パチンコ屋除夜の鐘までつながせる
お飾屋邪見に除夜の鐘をきき
裏を見る馬券はとれてない馬券
この馬券裏から見てもハズれてる
その当座多助は青馬を夢に見る
ケトバシの女中はザクで達引し
金文字の猪口も出てくる家祝
思ひざし紅を少うしふき残し

マッチの火夜の女が呼びかける
蛤が鳴いてる春の台所
送金があったとみえてテキをくひ
山門にバスがならんで良い日和
思春期は扇雀様の御手拭
繪に描いた涼しさに似て花氷
目薬の看板の眼はどっちの眼
口ひげがせめて教師のお洒落なり
助六の出を待つ傘の半びらき
鼻唄も欠伸もうつるいい天気
襟巻を邪魔にする子の育ちよう
熱い茶をのめる将棊は勝ってゐる
船頭と程よく話す釣れた人
釣り舟が河岸に冷たい秋の雨
角帯が好きな堅気の白い足袋
酔ってくる頃から夫婦らしくなり
水入りの相撲へつける二重丸
勇ましい幽霊に逢ふハムレット
止められぬもんですなあと刻みつめ
その嘘も女房の目尻知ってゐる
金太郎腹を残して陽に焼ける
ターザンに誰が教へた隠すこと

大門の柳哀れをとどめけり
助六は雨を知らない傘をさし
犬小屋に犬が寝てゐる良い月夜
神主の様に座敷へ揚げにくる
松葉屋のバスのお客に踊るだけ
吉原はほんとに暗い街になり
女房の機嫌が判る冷蔵庫
旧盆にかへる坊主のアルバイト

五代目 柳家小さん

松茸の香りも遠し蟻の町
汽車弁の角に松茸よりかゝり
情けなや瑞穂の國も不作あり
活動と呼ぶ母つれてロードショウ
画面なぞどうなろうとも二人連れ
開運の熊手を買った晩に焼け
手料理のフグときいてちと迷ひ
焼酎をのんでさあ来い空ッ風
大晦日表を閉めて息こらし
大晦日どう考えても大晦日
大晦日もうこれまでと首くくり
大晦日猫けとばされそれっきり
大晦日三年前の金に逢ひ
来年は馬面のモテル年
馬のシッポ抜かれたばかりに酒呑れ
マッチする女の爪は赤くぬり
豆腐屋を寝巻のまゝで女房よび
蛤のカラも値の出る京の紅
花の山人が消えれば紙の山
ビフカツの安はナイフをうけつけず
洋食のライスホークでくひにくい
手拭の揃ひも粋な組踊
子の熱は氷枕が揺れてゐる
出てく子に氷をのむなと親はいひ
張込みにホームへ米の山が出来
後ろから眼かくしをする小さな手
口八丁手も八丁で地獄耳
寂として生つばを呑むエロ映画
弁当の蓋を屏風のように立て
風上を背にして秋刀魚焼いている
半分は親の光りが入學し
夜店からちょいと離れて泣売屋
助言する方もヘボなら指すもヘボ

指切りで約束をする子煩悩
ゼンマイを巻くのにノッポ使はれる
安時計どう直しても安時計
気の長い奴で茶の湯が上手なり
水しぶきあげて上がった日章旗
温泉を太陽族が荒してる
病める児に次の祭りを楽しませ
美空ばりお祭りマンボで鐘一つ
水虫がなおれば秋の風となり
思い切り食ってみたいと居候
返すとき借りた番傘もてあまし
安物の靴下その日に穴があき
手おくれになってゐるのに加美の素
天ぷらの揚げかす好きで小金貯め
笑い声まだまばらなり宵の席
角砂糖コロがしてみるバクチ好き
女房の前で友達ヒヤリさせ

八代目 春風亭柳枝

省線の中の紋付見つめられ
松茸を選る女房の年増ぶり
映画館帰りの客は中華そば
芸者づれ熊手を高く買わされる
ふぐさしは皿ばかりかと近眼見る
空ッ風鳥もなゝめに飛んで行き
空ッ風破れ障子の音をきき
何事もせわしそうなる大晦日
大晦日時計の針のおそい事
牛も豚もケトバシ黨に貶される
馬肉屋を馬方横目でにらみつけ
丙午生まれの娘キリヨウよし
駄菓子屋で幅をきかせる芋羊かん
ビフテキに切れぬナイフは音を立て
花見して桜を褒める人はなし
惣菜をコロッケにする子澤山
手拭も持つ人により粋と野暮
手拭も運の悪いはお手洗ひ
子の夢は桃から続き華やかに
ヒヨットコの口は「ジョウゴ」の様に見え
半分の裸体写真は物たらず
耳の香をかいで曽呂利は金を貯め
船頭は釣れない客に世辞をいひ
大鍋に気の弱いもの手が出せず

山下の「がん鍋」知ってて歳が知れ
判らずに只結構と茶の湯なり
自動車をうらめしくみる水溜り
ステテコでかつぐ神輿のだらしなさ
雪降りにすぐに目につく鍋料理
夕刊も子供が売って哀れなり
一言も喋らなくても役者なり
腹立って帰った後に忘れ物
停電になって電気の有難さ
安普請忽ち出来て貸家札
抜け切れぬ昔の事で家が揉め
吉原も今は昔の種にされ
吸付の煙草で客は吸取られ
ゑりもとへ這入る雨だれひやりとし
サーカスはひやりとさせて拍手なり

三代目 桂三木助

紋付が板につく迄小十年
鉄火場にウツリの悪い五ツ紋
新聞の頼りにならぬ事を知り
大晦日去年の事をくり返し
大晦日戸棚の中で位住居
結綿の出来へ百八鳴り終了
飾り馬いななき乍らすれ違ひ
呑めぬ奴受け放しで膳の上
初鰹買へない奴が冷奴
お花見の客を高座は持て余し
堅い奴酒の肴はホーレン草
素袷が小粋気に見へる豆絞り
手拭で鼻をこすって強意見
近頃の米屋ようやく世辞を云ひ
悪口をいわれ乍らに金を貯め
世話女房大根一ツを使い分け
文楽・志ん生・柳好そろって花見かな
競輪の帰り自転車を見ると腹が立ち
祝物半分返る気で祝ひ
耳たぼをまづ染めてから下をむき
気短なくせに一番釣りが好き
銀時計売った人が二階借り
女房の帯から這入る年の暮れ
中盆は腹巻の上に総絞り
二十年たって似合いの好い夫婦
恐そうに茶碗をにらむ茶の湯会

鼻の穴黒い炭屋の律義めき
ていねいに指まできざむ飴細工
突指は色っぽくないものにされ
笑ふ子のゑくぼ晩酌のぞきこみ
安物のオーバ目方の重いこと
ブルドック時代遅れにみえる今日
セッカチな客は弓取立ってみる
千両の灯り吉原三下り
鼻毛抜きクシャミしている閑なこと

七代目 橘家圓蔵

あれ以来宮本　鍋蓋イヤになり
警官も一枚そっと買ってみる
紋付の相場セビロに負けるなり
落語家は紋付のまゝ風呂へ行き
米兵も馴染みの為に熊手買
猫仲間鯛をくわえてハバがきき
空っ風夜店の紙幣が少し飛び
お世辞だけいってフグには手をつけず
大晦日異國の人は苦労なし
大晦日情の為に年が越せ

窓へ来て馬の番号気が変り
マッチの軸楊枝に使ふ居候
羊かんがセロハンを着る時世なり
花見からぬけて二人は土手の下
うなぎやへタレだけそっと買ひにやり
江戸ッ子が東京見物バスでする
手拭を胸に大きく入学児
金時が綿をかぶって夏を越し
警官の情で米が豆になり
のべつ眼をむいて見得切る旅役者
太足の娘練馬で気兼する
居酒屋で半借りする慣れた奴
客席に鼻唄がゐる小唄會
夜店の灯金魚なんだか淋しそう
釣れぬ奴田圃で蝗とってゐる
踏切番　時計に命預けてる
夫婦者嫌う貸間の若い後家
塩原も熱海もあるが家の風呂
長襦袢パジャマに替る赤線区
停電にスリと新妻嬉しがり
親がやる団扇の風を子は知らず
春雨に沢田と月形思ひ出し

春雨は唄できくほど乙でなし
思ひ出は今の女房に話せない
後家の家犬が一番ゐばってる
雷電に仇討たのむ村相撲
あの里も晦日に月が出なくなり
だんだんに見返り柳やせていく
冷蔵庫あるのにビール出て来ない
お怪けよりひやりっとする金のなさ

初代 林家正楽

総絞り広巾に〆め金鎖
熊手には時代を知らぬ千両箱
安宴会鯛の様なる鯛がつき
酉の市樟脳くさい古オーバー
馬鹿でかい腹に似合はぬフグの口
大晦日あゝ大晦日大三十日
無いものはないとヅブとい大晦日
攘わぬときめて気安い大晦日
アパートに住んでつまらぬ大晦日
馬肉屋の女中にたすきのまんま酌ぎ
銭湯で馬とアダナを呼んでゐる

猪口等は酒呑童子は用はなし
春や春娘の尻がゆれて行き
象牙箸豆腐をたべるもので無し
花の雪かと思へば砂ぼこり
すんなりとみえて鰻はおかめ面
混んだバス車掌は尻で客を分け
いゝ月を悪く云ってる二人連
はなし家の手拭本にも財布にも
氷屋の看板 裏は焼芋屋
玉一つ飛ばして店中這ひ廻り
八ッ頭ばかりよつてる呑めぬ奴
チャルメラに鼻唄小便犬の声
ハモニカのようにもろこし喰ってゐる
釣竿が土手に垣根のいゝ天気
鍋下を下戸は無闇と気にしてる
ギコチなく角帯〆める春の席
茶の湯とは一寸しびれのきれるもの
四谷から出る幽霊は様がつき
情け無さすき櫛の目よく通り
尻にまでシワがよる程生きて居る
春雨もコーモリ傘は風情なし
店構え涼しくみせる氷店

屠蘇に酔ひ子供かわいいくだを巻き
気に入らぬ風に柳は折れちまひ
出鱈目の名前で仔犬ついてくる
安いから買ったで済まぬ朝帰り
解説をまごつかせてる変な勝
笑うのは禁物といふ高利貸
七癖の中にいい癖悪い癖
ならび僧　慎太郎刈の坊主も居

六代目 三遊亭圓生

紋付で腕の彫物邪魔になり
紋付のうつらぬ旦那金を持ち
ビールではもういけません土瓶蒸し
映画より客席すごいラブシーン
鷲神社フダンは顔も出さぬとこ
税務署へはばかりありや熊手の値
空ッ風今日初物のヒビが切れ
國定が笠片むける空ッ風
大晦日貸借りもない大あくび
大晦日スキー女房の分も持ち
左馬乙な小唄もれ調子

馬方の方は歩いて小便し
ケトバシで決る儲けのハシタ銭
盃の時と違つた古女房
帆立貝入る豆腐は大事そう
小バクチはマッチの棒を売買し
豆腐屋へ「オカラ」ばかりの赤螺屋
豆腐でも好いよと亭主遠慮する
ドット出た花見の屑が九千貫
お花見で倅の酒を親爺知り
綿密にメニュー見た後ライスカレー
時折は菜葉も乗せる田舎バス
いも虫が化けたようなりトロリーバス
はなし家が持つ手拭は己に見え
現代は粋に思へぬカメノゾキ
大臣もつくづくつらゐ米を喰ひ
米でさへ洗米になり糊になり
悪口も孫の口ならにくくなし
お口添え願ふ二號の御進物
潮を吹く鯨は海のポンプかな
半分はいづれといつてそれっきり
銀狐あたじけもなきお買物
縁日は手品の種へ人だかり

指の爪生れもつかぬ色に塗り
酔って来た亭主と時計見くらべる
鍋物は何かせわしい酔ひごころ
女待ち時間はさして気に留めず
とんだこと飛脚の足へ豆が出来
豆な人豆によく来てよく喋舌り
水掛論それは議会の御家芸
あじきなく煮上ってくる電気鍋
始発には通夜の帰りか釣りの味
シャボン玉浮世離れてどこへ行く
畳替え去年の記事をちょいとみる
お祭りへ一文獅子がやたら来る
妻の眼を盗んだ罰でペニシリン
月界へ先ず白犬をやってみる
お値段に惚れて買ったら尺足らず
天ぷら屋禿げた頭に艶があり
物言ひに心配顔は行司だけ
鳩バスで吉原へ行くあじけなさ
雲晴れて見交わす顔の釣仲間
法衣ではさすが気がさす女郎買
さあ事だ今度坊主のストライキ

二代目 三遊亭圓歌

神近が落ちて喜ぶ牛太郎
鉢巻が角の酒場ぢや上の客
冷蔵庫とんだデフレで氷だけ
小役者の女房大根に飽きがくる
鼻唄の様に姑のお経なり
テレビ見て娘覺へたきうりもみ
出来の良い水瓜を噛り雨遠し
雪日和小鍋立して妻は待ち
女河童水を離れてシナをする
鮨屋ではイヤといふほどお茶をつぎ
銀行の窓口指の忙しさ
長靴でとぼけた様な朝帰り
泣く芝居子役使って又泣かせ
元旦の新聞毎年富士を撮り
別れてのホームに気づく犬の顔
皇太子うなづき給ふ遠メガネ
勝力士髪の乱れも勇ましい
鳥泣き投込寺に花が咲き

「私も川柳をつくってみる」
そんな気になりましたか。
それは結構なことです。

美濃部 由紀子

五代目古今亭志ん生の長男である、十代目金原亭馬生（美濃部清）の次女として、台東区谷中に生まれる。叔父は古今亭志ん朝。数十人の落語家達の中で育ち、父、十代目馬生のマネージャー兼付き人をつとめる。実姉は女優の池波志乃、義兄は俳優の中尾彬、長男は二つ目、金原亭小駒。「心豊かに生きる」という理念に基づき、一般社団法人日本文化推進企画を設立し、落語会の企画など江戸落語の普及につとめる。『志ん生が語るクオリティの高い貧乏のススメ』（講談社刊）を執筆。

Staff

編集
森下 圭　Kei Morishita

デザイン
熊谷昭典　Akinori Kumagai
吉野博之　Hiroyuki Yoshino

イラスト
山口真里　Mari Yamaguchi

噺家が詠んだ昭和川柳　落語名人たちによる名句・迷句500

2019年　2月5日　第1版・第1刷発行

編集協力　美濃部 由紀子（みのべゆきこ）
発 行 者　メイツ出版株式会社
代 表 者　三渡 治
〒102-0093 東京都千代田区平河町一丁目 1-8
TEL：03-5276-3050（編集・営業）
03-5276-3052（注文専用）
FAX：03-5276-3105
印　刷　三松堂株式会社

ご意見・ご感想はホームページから承っております。

メイツ出版ホームページアドレス　http://www.mates-publishing.co.jp/

編集長:折居かおる　副編集長:堀明研斗　企画担当:折居かおる